心霊探偵八雲

ANOTHER FILES 嘆きの人形

神永 学

角川文庫
21048

PSYCHIC DETECTIVE YAKUMO

MANABU KAMINAGA

ANOTHER FILES 嘆きの人形

主な登場人物

斉藤八雲 ……………… 大学生。死者の魂を見ることができる。

小沢晴香 ……………… 八雲と同じ大学に通う学生。八雲を想っている。

後藤和利 ……………… 刑事。八雲とは昔からの馴染み。

斉藤一心 ……………… 八雲の叔父である僧侶。八雲を温かく見守る。

第一章
亡霊の呻き

FILE: 01

1

ガリ。

ガリ——。

音がした。

鋭く尖《とが》った爪で、木の板を引っ掻《か》いているような奇妙な音だ。

静子《しずこ》は、その音が夢か現《うつつ》か判断がつかなかった。

しばらくして、ああこれは夢ではないと感じた静子は、布団に横になったまま薄く瞼《まぶた》を開けた。

暗い部屋の中に、窓から青く冷たい月の光が差し込んでいる。

ガリ——。

音は、まだ続いていた。

やはり夢ではなかったようだ。

——何の音だろう?

静子は、息を潜めて耳を澄ましてみる。

ガリガリ——。

縁の下から聞こえてくるような気もするし、天井から降ってきているような気もする。

鼠か何かが、板でも齧《かじ》っているのかもしれない。

明日《あした》、調べてみよう。

寝返りを打ち、仰向けになったところで、さわっと鼻先に何かが触れた。

――何？

静子は、反射的に目を開けた。

黒い影のようなものが、静子に覆い被《かぶ》さってきた。

その影は、人の形をしていた。着物を着て帯をだらりと垂らしている。

そして――。

二つの目が、じっと静子を見下ろしていた。

大きく見開かれ、血走った目だ。

悲鳴を上げようとしたが、掠《かす》れて声にならなかった。

身体が硬直して、起き上がることもできない。全身にずっしりと影の重みを感じる。

額にぶわっと汗が浮かぶ。

肌がぷつぷつと粟《あわ》立ち、背筋が震えた。

目が――ずっと静子を見ている。

目以外の部分は、塗り潰《つぶ》されたように真っ黒で、若いのか、年老いているのか、男なのか、女なのかも分からない。

「ご……おな……ぐぞぉ……」

黒い影が言った。

言葉の意味は分からない。だが、酷《ひど》く不吉な響きとなって耳朶《じだ》に響いた。

静子は声を上げようと、必死に喉《のど》に力を入れた。

――これは何⁉

だが、声はどうしても出なかった。

押さえつけられてでもいるかのように、身動《みじろ》ぎすらできない。しばらく、黒い影は静子を見つめていたが、やがてふっと視界から姿を消した。

それと同時に、これまでの硬直が嘘であったかのように、静子の身体の緊張が解けた。

静子は、ようやく半身を起こし、黒い影が去って行った方に目をやった。

その黒い影は、壁に掛けてある掛け軸の中に、すうっ――と音もなく入って行ってしまった。

絵に描かれた人の目と、さっきまで静子を見下ろしていた目が重なった。

静子は、ただ呆然《ぼうぜん》とすることしかできなかった。

2

ゆっくりと流れる風は、じとっとした湿り気を帯びていた。

午後の講義を終えた小沢晴香《おざわはるか》は、B棟の裏手を抜け、軽やかに歩みを進めた。

斉藤八雲《さいとうやくも》に会う為だ。

別に、何か用事があるわけではない。明日からは連休が始まるし、その前に、少しだけ顔を出してみようと考えたのだ。

思えば、凄《すご》い進歩である。

少し前まで、晴香が八雲の許《もと》に顔を出すのは、決まって何か事件があったときだった。

その結果、八雲にはトラブルメーカーとして認識されるようになった。それが、ここ最近は、こうして何もないときでも、気兼ねなく足を運ぶことができるようになった。

まあ、気兼ねしないと思っているのは、晴香の方だけで、八雲は迷惑かもしれないが、そんなことを気にしていては、何も始まらない。

やがて、二階建てのプレハブが見えてきた。

各階十ほどの個室が並んでいて、大学側がサークルや同好会の拠点として貸し出しているスペースだ。

一階の一番奥、〈映画研究同好会〉の部屋に、八雲は文字通り住んでいる。

そもそも〈映画研究同好会〉は存在しない。いや、正確には、所属しているのは八雲と晴香の二人だけだ。

他は、申請書類を揃える為に、八雲が適当に名前を拝借して、要件を満たしているに過ぎない。

そうして、八雲は大学側を騙《だま》し、自分だけの部屋を手に入れてしまったのだ。

「やあ――」

晴香は、声を上げながら、〈映画研究同好会〉のプレートが掛かったドアを開けた。

「何だ――君か」

定位置であるパイプ椅子に座っていた八雲が、いかにも迷惑そうに声を上げる。

色白で、整った顔立ちをしているが、その目はいつも眠そうで、髪も寝起きみたいにぼさぼさのせいで、どこか野暮ったい印象がある。

晴香が、八雲と知り合ったのは、ある心霊事件がきっかけだった。

普段は黒い色のコンタクトレンズで隠しているが、八雲の左眼は、鮮やかな赤い色をしている。

ただ赤いだけではなく、死者の魂――つまり幽霊が見えるという特異な体質を持っている。

八雲は、その体質を活《い》かし、晴香が持ち込んだ心霊事件を解決しただけでなく、表面化することがなかった殺人事件まで、暴いてみせたのだ。

それ以来、幾度となく一緒に、心霊事件にかかわることになった。

残念なことに、その多くは晴香が持ち込んだものだ。故に、八雲は晴香をトラブルメーカーと呼び、暇さえあれば文句を並べる。

「何だ――はないでしょ。せっかく、来てあげたのに」

晴香は、わざと怒った口調で言ってみたが、八雲はその程度で困惑して取り繕うようなタイプではない。

「頼んだ覚えはない」

八雲は、ぴしゃりと言うと、例の眠たげな目で晴香を見据える。

口には出さなくても、「今度は、どんなトラブルだ？」と問いかけてきているのが分かる。

「言っておきますけど、今日はトラブルじゃないから」

晴香は、そう言いながら八雲の向かいの席に腰を落ち着けた。

「トラブルでないなら、何をしに来たんだ？」

「別に、用事はないよ。ただ、どうしてるかな——って思って」

「君に観察されるなんて、不愉快極まりない」

辛辣《しんらつ》なもの言いだが、八雲はいつもこうだ。

最初は、凹《へこ》んだりしたが、今ではすっかり慣れた。いちいち気にしていては、八雲の相手など務まらない。

「それは、失礼しました」

「分かってるんだったら、さっさと帰ったらどうだ？」

「何それ」

「ぼくは、暇人の相手をしている余裕はないと言ってるんだ」

八雲はそうぼやくと、テーブルの上に置かれたチェス盤をじっと睨《にら》み付ける。

「何してるの？」

晴香が問うと、八雲は左の眉《まゆ》をぐいっと吊《つ》り上げたあと、チェス盤を指差す。

「これが何に見える？」

「チェス盤」

「知っていたか」

「それくらい誰でも知ってるよ」

「では訊《き》くが、チェス盤を使って、チェス以外のことをする間抜けがいると思うか？」

素直にチェスをやっている――と言えばいいものを、とてつもなく回りくどい言い方をする。

それに、晴香が訊きたかったのは、そういうことではない。

一人でチェスができるのかということだ。

そのことを主張しようとした晴香だったが、それを遮るようにドアが開いた。

振り返ると、そこには見知った顔があった。

「一心《いっしん》さん！」

「晴香ちゃん。久しぶりだね」

弥勒菩薩《みろくぼさつ》のような、慈悲に満ちた笑みを浮かべながら立っていたのは、八雲の叔父《おじ》である一心だ。

八雲の名付け親であり、育ての親でもある。

法衣《ほうえ》を纏《まと》い、凛《りん》とした佇《たたず》まいと、達観した喋《しゃべ》り方から、老成した印象はあるが、まだ三十代の若さだ。

八雲の母親が行方不明になったことで、一心が育ての親になった。そのとき、一心はまだ二十代だったというのだから、親代わりに八雲を育てる苦労は相当なものだっただろうが、それをおくびにも出さない。

そして、一心は、八雲と同じように左眼が赤い。

だが、本当に赤いわけではない。八雲とは正反対に、わざわざ赤いコンタクトレンズを入れているのだ。

そうすることで、敢《あ》えて奇異の視線に晒《さら》され、八雲と同じ苦しみを味わい、少しでも気持ちを理解しようという、並外れた優しさだ。

「相変わらず、仲が良いな」

一心が、うんうんと何度も頷《うなず》きながら言う。

そんな風に、しみじみと言われると、恥ずかしくなってしまう。晴香は、「いえ、その……」と曖昧《あいまい》に答えた。

一方の八雲は「こいつと仲がいいと思われるのは心外だ」と文句を言っている。

こうも温度差があると、何だか泣けてくる。

「それで、叔父さんは何の用です？」

八雲が気怠《けだる》げに問う。

育ての親である叔父に、「何の用です？」はないだろうと思うが、一心がこうして八雲の許を訪ねてくるのが、珍しいことであるのは確かだ。

一心は、「うむ」と大きく頷くと、晴香の隣に腰掛けてから口を開いた。

「実は、八雲に少し相談したいことがあってな――」

一心の方から、八雲に相談とは珍しいこともあるものだ。

いったい何だろうと首を傾げる晴香とは対照的に、八雲はすでに何のことか察しているらしく、苦い顔をした。

「どうせ、檀家《だんか》の誰かが、心霊現象を体験して、それをぼくに解決して欲しい――と、まあそんなところでしょ」

八雲がふて腐れたような顔をして頬杖《ほおづえ》を突く。

こういう仕草は、何だかかわいらしい。

「さすが、よく分かったな」

一心が鷹揚《おうよう》に驚いてみせる。

「叔父さんは、隠し事が下手だからね。顔に書いてある」

「そうかもしれんな」

一心は、苦笑いを浮かべながら、参ったという風に頭を掻《か》いた。

「いったい、どんな心霊現象なんですか？」

晴香が訊《たず》ねると、八雲が「余計なことは訊くな」と、すかさず口を挟む。

「どうして？」

別に、話を聞くくらい、どうということはないはずだ。

「聞いてしまったら、受けるしかなくなるだろ」

――なるほど。

普段から心霊絡みの面倒ごとに巻き込まれることを嫌い、ああだこうだ小理屈を並べては、拒否する八雲だが、困っている人を放っておけない一面もある。

だから、毎回、何だかんだ言いながらも、最終的には、重い腰を上げて依頼を引き受けてしまう。

まして、それが一心からの頼みとあらば、話を聞いた以上、おいそれと断ることはできないだろう。

「一心さん。何があったんですか？」

晴香が改めて訊ねると、八雲が「はぁ」と頭を抱えた。

が、無理に止めようとしないところをみると、やはり初めから一心の依頼を受けるつもりだったのだろう。

「実はね――」

そう言って、一心は静かに語り出した。

「山梨県の富士川《ふじかわ》沿いに、江戸時代から代々続く酒蔵があるんだ」

「山梨県？」

八雲が怪訝《けげん》な表情で聞き返す。

「ああ。私の檀家さんに、その酒蔵の知人の方がいてね。それで、私のところに相談がきたというわけなんだ」

一心が、落ち着いた口調で答える。

「そこで何があったんですか？」

晴香が先を促すと、一心は「うむ」と一つ頷いてから話を続ける。

「その酒蔵の跡をついだ静子さんという女性が、最近毎晩、妙な音に悩まされるようになったそうなんだ」

「音――」

「そう。眠っていると、ガリガリと、まるで何かを引っ掻くような音が聞こえてくるらしい」

「鼠か何かじゃないんですか？」

八雲が気怠げに言う。

「音だけなら、そう思うだろうな。現に、静子さんも、最初は鼠か何かだと思っていたらしい。ところが――」

そこまで言って、一心が一度言葉を切った。

一心にその気はないのかもしれないが、淡々とした口調に、たっぷりと間を持たせた言い回しのせいで、聞いているだけで背筋がぞくぞくしてきた。

テレビで観る怪談話なんかより、はるかに怖く感じる。

「そのうち、枕元に人影が立つようになったらしい。その影は、静子さんに何事かを呟《つぶや》くというんだ」

「特に実害がないなら、放っておけばいい」

八雲は、あくびを噛《か》み殺しながら言う。

晴香などは、毎日枕元に人影が立ったりしたら、恐怖からおちおち眠れなくなってしまうだろうが、常に幽霊が見えている八雲からしてみれば、ただ現れて姿を消す幽霊など、日常の延長に過ぎない。

「だが、どうにも引っかかることがあってね」

一心は、困ったように眉を顰《ひそ》める。

「引っかかる?」

八雲が聞き返すと、一心は大きく頷いてから話を続ける。

「静子さんが言うには、その影は、何事かを呟いたあと、決まって壁の掛け軸に姿を消すらしいんだ」

「掛け軸――か」

「うむ。静子さんの部屋には、古い掛け軸があって、そこには、絵が描かれているそうなんだ」

「絵の中から幽霊が出て来ていたってことですか?」

晴香は興奮気味に訊ねる。

「はっきりしたことは分からないが、静子さんの話を聞く限り、その可能性が高いと思うんだが……」

一心は、そう言って八雲に視線を向けた。

八雲は口の左端を吊《つ》り上げるようにして、苦い笑みを浮かべる。

「話だけでは何とも……それに、叔父さんがさっき言っていた、引っかかることってのは何？」

八雲が訊ねると、一心は我が意を得たりとばかりに、大きく頷く。

「先日、静子さんから、その絵の写真を送ってもらったんだ。その絵が何とも引っかかるんだよ」

「何か特別な絵？」

八雲は、訊ねながらも興味なさそうだ。

「おそらく、江戸時代に描かれたと思われる、古い日本画なんだが……まあ、あれこれと口で説明するより、見てもらった方が早い」

一心は、そう言うと携帯電話を取りだし、画面に写真を表示させた。

八雲が画面を覗《のぞ》き込む。晴香も、恐る恐る写真に目を向けた。

「え？」

晴香は、その絵を見た瞬間、思わず声を上げた。

普段、飄々《ひょうひょう》としている八雲も、さすがに驚いたらしく、眉間《みけん》に皺《しわ》を寄せ、口を半開きにしている。

そこには、白い着物を着た男が描かれていた。

江戸時代のものと思われる絵ということだったが、髷《まげ》も結わないぼさぼさ頭の男で、まるで幽霊のようにそこに佇《たたず》んでいる。

肩には金剛杖《づえ》を担ぎ、鋭い視線でこちらを睨《にら》んでいる。

威圧するような力強い雰囲気がありつつも、どこかもの悲しい感じもする、不思議な絵だった。

何より目を引いたのは、絵に描かれた男の眼だ。

その両眼は、まるで血のように鮮やかな赤い色に染まっていた。

「これって……」

晴香は、声を出したものの、その先をどう続ければいいのか分からなくなってしまった。

「この絵に描かれている人物が、どうにも引っかかってな。それで、相談に来たというわけだ」

一心が締め括《くく》るように言った。

八雲は、何も答えずに、睨むように絵を見つめている。

おそらく、心中は複雑だろう。

一心がさっき話したように、この絵の中から幽霊が出て来たのだとすると、それは、絵に描かれているこの人物の幽霊である可能性もある。

八雲は、死者の魂を見ることができる、赤い左眼を持っている。父親から受け継いだものだ。

だが、八雲の父親も、ある日、突然に眼が赤くなったわけではないだろう。

この絵に描かれているのが、何者であるのかを突き止めることは、八雲自身のルーツを探ることにもなるのかもしれない。

「どうだ。静子さんの件について、少し調べてはもらえんか？」

一心が探るような視線を向けながら、八雲に問う。

八雲は長い沈黙のあと、深いため息を吐いた。

「調べるのは構わないけど、実際に、現地に足を運んでみないことには、判断できない」

「これだけじゃ分からないの？」

晴香が訊《たず》ねると、八雲は表情を歪《ゆが》める。

「絵の写真を見ただけじゃ、実際に幽霊がいるのかどうかさえ分からないだろ」

「まあ、そうだよね……」

八雲の言う通り、実際に見てみないことには、何も判断ができない。

「そういうことなら、一度、見に行くっていうのはどうだ？　私の方から、先方に連絡を取っておく」

一心が笑みを浮かべながら言う。

「私も、気になるから行ってみたい」

幸いにして、明日《あした》からは連休だ。しかも、予定は何も立てていなかった。スケジュールはたっぷりと空いている。

たまには、こういうのもありかもしれない。

「まさか君も一緒に行く気か？」

八雲が、苦い顔で晴香に言う。

「いいですよね。一心さん」

晴香は八雲にではなく、一心に確認する。

一心は、案の定「もちろんだ」とすんなりと応じてくれた。八雲は不服そうだったが、それ以上、文句を言うことはなかった。

「行くのは構わないけど、移動手段はどうするんだ？」

八雲が腕組みをしながら言う。

山梨県ということしか聞いていないので、詳しい位置は分からないが、現地に足を運ぶだけで、それなりに時間がかかってしまうだろう。

「そこは、悩みどころだな。私が車を出したいところだが、故障中で修理に出しているんだ。電車で移動というのもありだが、件《くだん》の酒蔵は、最寄り駅から歩くと四十分はかかる」

首都圏に住んでいると、電車移動は当たり前だし、それで不便を感じることはないが、地方はそうはいかない。

自家用車がなければ、買い物すらままならない地域が多々ある。かくいう晴香の実家も似たようなものだ。

「レンタカーを借りて行くとか」

「君が運転してくれるのか？」

晴香は、思い切って提案してみた。

八雲が目を細めて訊ねてくる。

「ちょっと無理かも……ペーパードライバーだし……。あっ、八雲君が運転すればいいじゃない」

「パスだ」

「どうして？」

「どっかの誰かさんが、峠道でトラブルを起こしてから、運転は控えている」

どっかの誰かさんとは、まず間違いなく晴香のことだ。

峠道にあるトンネルに現れた幽霊の一件で、一悶着《ひともんちゃく》があった。そういえば、あれ以来、八雲が運転しているのを見ていない。

「まあ、仕方ない。私が運転するか」

そう言った一心を八雲が制した。

「その必要はなさそうだ」

「ん？」

「運転手が来た」

いったい八雲は、何を言っているんだ？

晴香と一心が首を傾げたところで、勢いよくドアが開いた。

「邪魔するぜ」

声とともに入って来たのは、後藤《ごとう》だった——。

3

「まったく。何だって、おれがお前たちの送り迎えをしなきゃならねぇんだ」

車の運転席で、ハンドルを捌《さば》きながら、後藤はぼやいた。

「別にいいじゃないですか。どうせ、暇なんでしょ」

後部座席に我がもの顔で座っている八雲が、肩を竦《すく》めるようにして言った。

確かに、暇を持て余していたのは事実だ。

後藤が所属する〈未解決事件特別捜査室〉は、刑事課の管轄で、未解決になっている事件——つまりコールドケースの対応が職務となっている。

聞こえはいいが、実際に後藤がやっているのは、過去の事件の資料整理だ。大きな事件が起きたとき、応援要員として呼ばれることもあるが、それはごく稀《まれ》だ。

いわゆる窓際族というやつだ。

相棒の石井《いしい》などは、真面目に職務に取り組んでいるが、後藤からしてみれば、退屈極まりない。

さすがに連日の書類整理に嫌気が差し、息抜きのつもりで、八雲の許《もと》に顔を出した。

その結果として、こうして運転させられる羽目になっている。

このところ、事件らしい事件もなかったし、退屈しなくて済みそうだという考えもあったりするが、それを素直に認めるのはどうにも癪《しゃく》に障る。

「こう見えても、おれは忙しいんだよ」

「そうは見えませんけど」

「何だと？」

「だいたい、後藤さんのように、粗暴なだけが取り柄の熊が、忙しくなるほど、重要な仕事を任されるはずないじゃないですか」

口を開けばこれだ。

タクシー代わりに後藤を利用しておいて、感謝どころか、小バカにした態度を取る。

「嫌なら、ここで降ろしてもいいんだぞ」

「別に、それでも構いませんよ」

八雲が平然と答える。

「何？」

「但し、もう二度と、後藤さんからの依頼は受け付けませんので、そのつもりで」

いちいち弱いところを突いてくる。

これまで、後藤は事件解決の為に、何度も八雲の力を借りてきた。

死者の魂――幽霊を見ることができる、八雲の赤い左眼は、捜査に大いに役立つ。もちろん、後藤が八雲を事件に引っ張り出している理由は、それだけではないが、ここでそんな議論をしても無駄だろう。

「分かったよ。行けばいいんだろ、行けば」

「分かればよろしい」

八雲が、鷹揚《おうよう》に頷《うなず》く。

そのやり取りを見て、八雲の隣に座る晴香が、クスクスと声を押し殺して笑っている。

何がおかしいのか問い詰めてやろうかと思ったが、止めておいた。

「で、どこまで行くんだ？」

話が一段落したところで、後藤は助手席に座る一心に訊ねた。

目的地まで運転することは了承したが、具体的にどこに行くかはまだ報《しら》されていない。

「その先を曲がって、国道二十号線に入って下さい」

「二十号だな」

後藤は、指示された交差点を曲がり、国道二十号線に入った。

「で、その先は?」

「調布《ちょうふ》のインターチェンジがあるので、そこから中央道に――」

「何?」

後藤は、思わず声を上げた。

「中央自動車道ですよ。下り方面に乗って下さい。あとは、甲府《こうふ》昭和《しょうわ》のインターチェンジで降りて下さい……」

「待て。待て。待て。お前ら、いったいどこに行くつもりなんだ?」

後藤は、慌てて一心の説明を遮った。

甲府昭和のインターチェンジまで、百キロはある。

「どこって、甲府昭和のインターチェンジで降りるのだから、山梨県に決まっているでしょう」

一心が柔和な笑みを浮かべたまま、しれっと言う。

「そんな遠くに行くなんて、聞いてねぇぞ」

後藤は、すかさず抗議したが、一心の表情はまるで変わらない。

「そうでしたか? 私は、てっきりもうご存じかと……」

――よく言う。

おそらく、一心は八雲と結託して、敢《あ》えて目的地を伝えずに、先に後藤に車の運転を了承させたのだろう。

柔和な笑みに誤魔化されてしまうが、本当に食えない男だ。

「どうします？　行くの止めます？」

八雲が、大きく伸びをしながら声を上げた。

「あんだと？」

「後藤さんが嫌なら、電車で行くだけのことです。但し、ぼくは一度受けた仕打ちは、絶対に忘れませんけど」

もう、ほとんど脅し文句だ。

ここで引き返したら、何らかの嫌がらせをすると明言しているのと同じだ。

「分かったよ。行けばいいんだろ」

後藤は吐き捨てるように言いながら、調布インターチェンジを通過した。

アクセルを踏み込んで、車の速度を上げる。

「あんた、娘はいいのか？」

後藤はふと気になり、助手席の一心に訊《たず》ねる。

一心には、七歳になる娘がいる。その娘を放っておいて、遠出などして問題ないのだろうか？

「ええ。私の師匠筋に、英心《えいしん》という世話好きの僧侶《そうりょ》がいましてね。その方に、みてもらっています」

「そういうことは、多いのか？」

「仕事柄、どうしても家を空けなければならないことが多いですから、奈緒《なお》も慣れていますよ」

一心は言葉に反して、わずかに寂しげな顔をした。

僧侶の仕事は、葬儀やら法事やらで、意外と家を空ける機会が多い。仕方ないことなのだろうが、割り切れない部分もあるのだろう。

それに、一心の娘である奈緒は、耳が聞こえないというハンディキャップを背負っている上に、その生い立ちは複雑だ。

本心では、できるだけ側にいてやりたいと思っているはずだ。

「そっか……。だったら、さっさと済ませて帰ろうぜ」

後藤が口にしたところで、携帯電話に着信があった。

ハンズフリー機能を使って電話に出る。

「誰だ？」

〈あっ、はい。石井雄太郎《ゆうたろう》であります〉

おどおどした調子の、石井の声が聞こえてきた。

口車に乗せられて、ここまで来てしまったが、石井に何も告げていないことを思い出した。

「分かってるよ」

〈あの……後藤刑事。今、どちらにいらっしゃるんですか？〉

「今、調布から中央道に乗ったところだ」

〈へ？〉

「聞こえなかったのか？　調布のインターから中央道に乗ったって言ってんだよ」

〈ええっ！　ど、どうして、そんなところに？　まだ、仕事中じゃないですか！〉

「仕事は、お前がやっとけ。じゃあな」

石井はまだ何か言いたそうだったが、後藤は無視して電話を切った。

成り行きではあるが、石井と書類の整理をしているよりは、退屈しのぎになりそうだ。

後藤は、気持ちを切り替え、さらにアクセルを踏み込んだ。

4

目的地には、一時間半ほどで到着した。

思っていたより、近いことに驚いたが、よくよく考えれば、山梨県は東京都に隣接している。

晴香の実家がある長野に行くより、はるかに近い。

後藤が、酒蔵の駐車場に車を駐《と》める。

車を降りようとした晴香だったが、隣の八雲は腕組みをしたまま、ぐっすりと眠っていた。

こんなチャンスは滅多にない。

晴香は、八雲の脇腹を指で突《つつ》いた。

八雲がビクッと飛び跳ねるようにして、目を覚ました。その拍子に、頭をサイドウィンドーにぶつけていた。

晴香は、おかしくて、ついつい笑ってしまう。

が、八雲は気にくわなかったらしく、きつい視線で晴香を睨《ね》め付けてくる。

「君は、何のつもりだ？」

「どうかした？　私、何も知らないけど」

晴香は、あくまで惚《とぼ》けてみせた。

誤魔化せているとは思えないが、素直に認めたら、何を言われるか分かったものではない。

「運転させておいて、呑気《のんき》に鼾《いびき》をかいてる奴が悪いんだよ」

後藤が吐き捨てるように言いながら、車を降りた。

八雲は、反論したそうだったが、寝起きで頭が回っていないのか、ため息を吐いただけで、大人しく外に出る。

晴香も、あとに続くように車を降りた。

高い山に囲まれ、緑に満ちた風景は、晴香の実家がある長野によく似ている。

天気が良ければ、富士山が見えたかもしれないが、どんよりとした雲に覆われていて、残念ながら目にすることはできなかった。

「この辺に、温泉はねぇのか？」

後藤が煙草に火を点《つ》けながら言う。

「あるといいですね。武田信玄《たけだしんげん》の隠し湯とか。あっ、あと、山梨に来たんだから、ほうとうも食べたい」

晴香は、興奮気味に声を上げた。

山梨県の名産として、ほうとうの名はよく聞くが、これまで一度も食べたことがない。この機会に、ぜひ食べてみたいものだ。

「鳥もつも美味《うま》いって言うじゃねぇか」

後藤が、嬉《うれ》しそうに頬を緩めながら言う。

「あっ、いいですね」

晴香は賛同の声を上げた。

盛り上がる晴香と後藤を見て、八雲の冷ややかな視線が飛んできた。

「君たちは、遊びに来たのか？」

そのひと言で思い出した。

山梨まで足を運んだ理由は、温泉でもほうとうでも、鳥もつでもない。心霊現象を解決する為だ。

こんな風に浮き立っている場合ではない。

「片付いたら、私がお礼にご馳走《ちそう》します。それより、まずは行ってみるとしましょう。先方に、話は通してありますから」

一心が、促すように言う。

「そうですね」

晴香は、八雲と並んで歩き出す。後藤もすぐあとに続いた。

目的地である酒蔵は江戸の情緒を感じさせる古い造りの建物で、何ともいえない趣があった。

「なかなか風情があるじゃねぇか」

後藤が、感嘆の声を上げる。

「うむ。地元では、有名な酒蔵で、何でも寛政《かんせい》の時代から続いているそうだ」

一心の説明に、晴香は思わず「凄《すご》い」と声を上げた。

「ご免下さい」

玄関先に立った一心が、声をかけた。が、それを遮るように、家の中から男と女が言い争っているような声が聞こえた。

「お前が、殺したんだろうが！」

「言いがかりは止めてください！　あなたは、何の根拠があって、そのようなことを仰《おっしゃ》っているんですか？」

「ふざけんなよ！　こっちは、全部分かってんだよ！」

「もう、帰って下さい！」

「うるせぇ！　言われなくても、出て行くっての！」

捨て台詞《ぜりふ》とともに、勢いよく戸が開き、中から四十代半ばと思われる男が出て来た。

顔が紅潮しているところから、さっきまで激昂《げきこう》していたのは、この男だということが分かった。

「何ですか、あんたたちは？」

男は、そこにいる面々を値踏みするように見てから口にする。

「こちらの静子さんに用があって参りました。一心と申します」

一心が、丁寧な口調で答えると、男は「ああ」と怒気をはらんだ口調で答えた。

「中にいますよ。多分」

「そうですか」

「どこのどなたか知りませんが、あの女狐には注意した方がいいですよ」

男は、鋭い眼差《まなざ》しで戸口に目をやる。

「どういうことですか？」

一心が問いかけると、男は皮肉気味に笑みを浮かべる。

「あの女は、人殺しだからな」

男は、そう言うとさっさと歩き去って行った。

「何だありゃ？」

後藤が、険しい表情で男の背中を見送っている。

晴香も後藤と同じ感想だった。何があったのかは知らないが、初対面の人間に、あそこまで高圧的な態度を取るのはいかがなものかと思う。

おまけに、人殺しだ何だと口にするのは、穏やかではない。

「お騒がせして申し訳ありません――」

半ば呆然《ぼうぜん》とする中、声をかけられた。

見ると、そこには一人の女性が立っていた。三十代半ばくらいだろうか。化粧っ気はないが、切れ長の目に、整った顔立ちをしていた。

紺の着物が似合う和風美人だ。

「一心さんでいらっしゃいますでしょうか?」

女性は、丁寧な口調で訊《たず》ねてくる。

一心が「そうです」と応じる。

「静子でございます。お電話では、大変失礼致しました。どうぞ中へ――」

静子が、丁寧に頭を下げた。

その姿は、凜《りん》としていて、穏やかな笑みを浮かべている。

だが、晴香は違和感を覚えていた。

状況から考えて、さっきの男と言い争っていたのは、静子のはずだ。それが今はこうして笑みを浮かべている。こうも切り替えが早いのは、不自然と思わざるを得ない。

あの男の言葉を真に受けるわけではないが、それでも、「人殺し」という台詞は、どうしても頭に残ってしまった。

興味本位でついて来てしまったが、もしかしたら、とんでもないことに巻き込まれているのかもしれない。

晴香は、今さらのように身震いした――。

5

後藤たちは、静子の案内で客間と思《おぼ》しき和室に通されることになった。

外観と同じく、かなり古い造りではあるが、よく掃除が行き届いている。静子は、几《き》帳面《ちょうめん》な性格のようだ。

お茶が出され、落ち着いたところで、静子が膝《ひざ》を正して改めて頭を下げる。

「遠方よりお越し頂き、ありがとうございます」

「いえいえ。少しでも、お力になれればと思った次第です」

一心が穏やかな口調で応じる。

「あの……」

静子は、部屋の中にいる面々に目を向けて口ごもった。これだけの大人数が来るとは思っていなかったのだろう。

「ああ。紹介が遅れて申し訳ありません。私の甥《おい》と、その友人たちです」

「甥っ子さんですか——」

静子は、そう言いながら、ちらりと八雲に目を向けた。

口にこそ出さないが、どうして甥を連れて来たのだろうという疑問を抱いているのが、ありありと伝わってきた。

「実は、心霊現象については、私よりも、彼らの方が詳しいのです」

一心が八雲を見ながら言う。

「そうでしたか……」

静子は、改めて部屋の中にいる面々を見渡した。一心の説明に納得したか否かは、定かではない。

「しかし、立派な酒蔵ですね」

一心がうんうんと頷《うなず》きながら口にする。

「いえ。うちなどは、ただ古いだけが取り柄ですから……。最近は、大手メーカーの大量生産に押されて、景気の悪い話ばかりです」

静子が力なく首を振る。

「しかし、いいものは、量には代えられません」

「そうしたいところですが、うちも色々と事情がありますので、なかなか思うようには……」

静子は、そこまで言って言葉を濁した。

後藤の脳裏に、さっきの光景が浮かんだ。詳しいことは分からないが、何かトラブルを抱えているのは間違いなさそうだ。

「その事情ってのは、玄関先で会った男と関係してるのか？」

後藤は、職業的な好奇心で訊ねてみた。

「そうですよね。あのように、大声で言い合えば、聞こえていましたでしょう。何ともお恥ずかしい……」

静子は、ふっと哀しげな笑みを浮かべたあと、視線を逸《そ》らした。

「あの男は何者だ？」

「先代の息子さんです」

静子が大きく息を吸い込み、改めてこちらに顔を向けてから言う。

「先代の息子？　あんたの兄弟ってことか？」

後藤が質問を重ねると、静子は眉《まゆ》を寄せ、困ったような表情を浮かべる。

「いえ。違います。私とあの人とは、義兄弟ということになります」

「義兄弟？」

「私は……養子なんです」

「養子ってのは、どういうことだ？」

「私は先代の不義の子でした——」

静子は、俯《うつむ》き加減に言う。

さっきから、どうにも歯切れが悪いと思っていたが、その理由が分かった気がする。

つまり静子は、先代の愛人が産んだ子ども——ということだ。

「そうだったのか……」

「私は、母と二人で暮らしていました。父はときどき家に来てはいましたが、自分の家が、普通の家庭とは違うことを、子どもながらに分かっていました」

「それは、ご苦労なされたでしょう」

一心が慈しむような視線を静子に向ける。

だが、静子は哀しげな表情こそみせたものの、それはほんの一瞬だけで、凛とした佇《たたず》まいで話を続ける。

「母は、私が十歳の頃に、心筋梗塞《しんきんこうそく》で亡くなりました。祖父母とはすでに死別していて、兄弟もいませんでしたから、施設に入るということになったのですが、先代が、それではあまりに不憫《ふびん》だと、私を引き取ると言い出したのです」

「それは、相当に揉《も》めただろう」

後藤は思わず口にした。

「ええ。それはもう……正妻は猛反対しましたが、先代が押し切るかたちで、こちらにご厄介になることになったのです」

——なるほど。

想像していたより、複雑な事情だったようだ。

静子は淡々と語ってはいるが、幼くして、大変な苦労を味わうことになったようだ。

親族同士というのは、親が亡くなれば、遺産だ何だで、とかく揉め事が多くなるものだ。そういう複雑な事情であれば、尚さらということだろう。

「あの方――健三《けんぞう》さんは、高校を卒業したあと、家業を継ぐ気はないと家を飛び出したんです」

「無責任な奴だな」

後藤が言うと、静子は首を振った。

「ちょうど、その頃に義母が亡くなったというのもあったので、健三さんは、健三さんで、色々と思うところがあったのでしょう」

「大変でしたね」

一心が、うんうんと頷く。

ただ頷いているだけなのだが、一心のそれには、凍《い》てついた心を溶かすような温かさを感じるから不思議だ。

「いいえ。私などは、大したことはしておりません。ただ、先代と共に、酒造りに邁進《まいしん》していただけです」

「で、出て行ったはずの、その健三ってのは、何をしに来たんだ?」

後藤はそう訊《たず》ねた。

「三ヶ月前に、先代が亡くなったのですが、急に健三さんが帰って来て、この酒蔵を継ぐのは自分だと言い出したのです」

「それで、あの言い争いってわけか」

後藤は全てに合点がいった。

よくある遺産相続の争いだが、それ故に始末が悪い。おまけに、複雑な事情まで絡んでいるのだから、こじれるのは必然といったところだ。

こういうときに、遺言の一つもあれば、法的に解決できるのだが、そうでない場合は事件にまで発展することもある。

「お呼びたてしておいて、家内のことで、本当に、お聞き苦しいものをお聞かせしてしまいました」

「いいえ。一向に構いません。話して頂いてありがとうございます」

一心が丁寧に頭を下げる。

静子は「いえ、そんな……」と頭《かぶり》を振った。

ふと窓の外に目をやると、ぽつぽつと大粒の雨が降り始めていた。

「そろそろ本題に入りませんか？」

話が一段落したところで、八雲が切り出した。

そんな話は退屈だ——と言わんばかりに、眠そうに目を擦《こす》っている。

「そうでしたね……」

静子は、きっと表情を引き締めた。

「絵の中から幽霊が出て来るということでしたが……」

八雲は静子を流し見る。

「出て来るところは見ていません。ただ、私には掛け軸の絵の中に、すうっと入って行くように見えました」

静子が、その時のことをイメージしているのか、視線をゆっくり動かしながら答えた。

「なるほど。その絵を見せて頂くことはできますか？」

八雲が告げると、静子が「もちろんです」と大きく頷いた。

何だか、勝手に話が進んでいるようで、後藤はついていけなかった。よくよく考えれば、この家で、どんな心霊現象が起きているのか、まったく聞かされていなかった。

「絵ってのは何だ？」

後藤が小声で八雲に訊ねると、蔑《さげす》むような視線が飛んできた。

「何も知らないんですね」

「お前らが、何の説明もなしに連れて来たんだろうが」

「騒がないで下さい。見れば分かります」

八雲が、肩を竦《すく》めるようにして言う。

どうやら、ちゃんと説明する気はないようだ。まあ、八雲の言うように、見れば分かることなのかもしれない。

「どうぞ。こちらです——」

静子が席を立ち、ついて来るように促す。

一度、客間を出て廊下を歩く。

雨は本降りになっていた。夕立ちのような激しさだ。運転する身からすれば、厄介なものだ。

静子に案内され、二つほど先の部屋に入った。

六畳ほどの和室で、普段は静子の寝室として使われているということだった。鏡台が置いてある他は、これといった物はなかった。

畳に、水滴が点々と落ちていた。

「あれです——」

静子は、そう言って床の間を指差した。

そこには、絵の描かれた掛け軸が掛かっていた。

「なっ！」

後藤は、そこに掛かった不気味な絵を見て、思わず声を上げた。

古い日本画らしく、白い着物を着た男が、金剛杖《づえ》を肩に担いだ姿が描かれていた。

そして——。

その男の両眼は、真っ赤に染まっていた。

6

八雲は、真っ直ぐ床の間に飾られた掛け軸の絵に歩み寄って行く。

何だか晴香の方が緊張してしまう。

八雲は無言のまま、絵の前に屈《かが》み込むと、真剣な面持ちでその絵を観察している。

——今、八雲君は何を考えているのだろう？

想像してみたが、答えなど出るはずもなかった。ここに描かれた絵のモデルは、両眼が赤く染まっている。

もしかしたら、ここに描かれている人物は、八雲と何かしらの関係があるかもしれないのだ。

「なるほど——」

しばらく、絵を見つめていた八雲だったが、やがて呟《つぶや》くように言った。

「何か分かったのか？」

後藤が勢い込んで訊ねる。

が、八雲はそんな後藤に、冷ややかな視線を浴びせる。

「いいえ。何も——」

「何だよ。期待させやがって」

後藤が軽く舌打ちをする。

「勝手に期待したのは、後藤さんでしょ。それに、そもそも、後藤さんは何が起きているのかを、理解していないでしょ」

「お前が説明しねぇからだろうが！」

後藤が怒りをぶちまける。

が、その程度のことで、怖《お》じ気づくような八雲ではない。

「後藤さんのような野蛮人には、説明するだけ時間の無駄ですよ」

「何だと！」

後藤が、八雲の胸倉を摑《つか》みあげる。

今にも殴りかかりそうな勢いだ。晴香は「まあまあ」と八雲と後藤の間に割って入った。

後藤は、まだ何か言いたそうにしていたが、晴香が「八雲君の言うことを真に受けるだけ無駄ですよ」と窘《たしな》めると、怒りの矛先を収めた。

「それで、どうなんだ？」

落ち着いたところで、一心が八雲に訊ねる。

「どうとは？」

八雲は、惚《とぼ》けた調子で聞き返す。

「幽霊はここにいるのか？」

一心が改めて訊ねる。

八雲は、一心を一瞥《いちべつ》したあと、何かを言おうとした。

その時――。

ピカッと青白い閃光《せんこう》が走り、間を置いてゴゴォッと糸を引くような雷鳴が轟《とどろ》いた。

雷をきっかけに、さらに雨の勢いが増したようだった。

窓に目を向けると、大粒の雨がバチバチとガラスを叩《たた》いていた。

「こりゃ、なかなかの大降りだな。土砂崩れとか、起きなきゃいいが……」

後藤がぼやくと、八雲が小バカにしたように笑った。

「心配するところが違うでしょ」

「何？」

「ここは、川沿いなんです。どうせ心配するなら、土砂崩れではなく、川の氾濫《はんらん》の方でしょ」

まさに八雲の言う通りだ。後藤は、悔しそうにしながらも、黙るしかない。

「水害はよく起こるんですか？」

一心が訊ねると、静子は首を左右に振った。

「ここは、武田信玄のお膝元《ひざもと》ですから。水害対策は万全です」

静子の答えを聞き、晴香も思い出した。

「確か、武田信玄って、治水にも力を入れていたんですよね」

晴香が口にすると、静子は「よくご存じで」と嬉《うれ》しそうに言った。

「どうでもいいですけど、話が逸《そ》れてますよ」

八雲が退屈そうにあくびをしながら言う。

そうだった。幽霊の話をしていたはずが、いつの間にか武田信玄の治水の話にすり替わってしまっている。

「とにかく、話を整理する為にも、一旦《いったん》、さっきの部屋に戻りませんか?」

八雲が提案する。

一心と後藤もそれに賛同し、静子の案内で先ほどの客間に戻ることになった。

みな、ぞろぞろと部屋を出て行く。

晴香もあとに続こうとしたところで、背筋にひやっと冷たい何かが走った。背骨に沿って、氷の塊が滑り落ちたような——そんな感覚だ。

足を止めて振り返ってみる。

そこには、誰かいるわけもなく、ただ、さっきの絵があるだけだった。

絵の中の赤い眼が、真っ直ぐに晴香を見据えているような気がして、不気味だった。

ここで呆《ほう》けている場合ではない。早く、みんなのあとを追いかけよう。歩き出そうとした晴香だったが、どういうわけか動くことができなかった。

息を吸い込むことはできるのに、吐き出せない。

——どうして?

そう思った矢先、再び稲光が走った。

遅れてきた雷鳴とともに、部屋の電気がぶつっと消える。

仄暗《ほのぐら》い部屋の中央あたりに、一際影の濃い部分があった。それは、よく見ると、人の形をしていた。

墨で塗り潰《つぶ》されたみたいになっていて、顔は分からない。それなのに、目だけが爛々《らんらん》と光を放って晴香を見つめていた。

7

「それで、幽霊はいたのか？」

後藤は掛け軸のあった部屋を出て、廊下を歩きながら改めて八雲に訊《たず》ねた。

八雲は足は止めたものの、そこから何も言おうとはしなかった。

後藤は、雨音を耳にしながら、八雲の言葉を待った。

それは後藤に限ったことではない。一心も、そして、この酒蔵の経営者で、依頼主である静子も、無言のままそこに立っている。

後藤の脳裏に、さっき目にした絵が浮かぶ。

白い着物を着流した男が、肩に金剛杖を担いだ姿が描かれていた。

後藤には、絵の巧拙は判断できない。だが、その絵が放つ、独特な空気感は肌で感じ取れた。

そう思わせる一番の要因は、絵に描かれた男の眼だ。

鋭い眼光でありながら、その奥に、何ともいえない憂いを感じる。そして何より、その両眼は、燃えさかる炎のように、赤く染まっていた。

否《いや》が応でも、八雲の赤い左眼を連想させる。

あの絵の人物が、実在したのだとしたら、八雲と何らかのかかわりがあるのかもしれない。それこそ、八雲の特異な体質のルーツなのかもしれない。

素知らぬふりをしているが、八雲もそのことが気にかかっているはずだ。

「おい。聞いてんのか？」

後藤は、いつまでも答えない八雲に焦《じ》れて声をかける。

「本当に短気な熊ですね」

八雲が、うんざりだという風に、ため息交じりに答えた。

「誰が短気な熊だ」

「後藤さん以外に、誰がいるんです？」

「このガキ……」

「詳しいことは、まだ何も分かっていないんです。現段階で決断を下すのは、時期尚早です」

八雲が苦笑いとともに言った。

この口ぶり。長年の付き合いで分かる。単に答えをはぐらかしているだけだ。

「何を言ってやがる。お前は幽霊が見えるんだから、あそこに幽霊がいたかどうかなんて、考えるまでもなく分かるだろう」

後藤の主張を、八雲は鼻で笑い飛ばした。

「まったく。熊は単純でいいですね」

八雲は、呆《あき》れたように首を振ってみせた。

この態度を見ても分かる通り、本当は何かを察しているはずだ。だが、これ以上追及したところで、絶対に口を割らないのが八雲だ。

諦《あきら》めて歩き出そうとした後藤だったが、ふと動きを止めた。

「あれ？　晴香ちゃんは？」

さっきまでいたはずの晴香の姿がない。

一心も、「そういえば……」と辺りをきょろきょろと見回す。

「あいつは、超がつくほど、鈍臭いですからね」

八雲が、呆れたように言いながら振り返り、襖《ふすま》の方に目をやった。

みんなが部屋から出たことに気づかず、絵を見ているのかもしれない。そう思うのと同時に、青い閃光が走った。

次いで、地鳴りのような雷鳴が轟き、廊下を照らしていた電気が消えた。

「雷が電柱に落ちたのかもしれませんね」

一心が廊下にぶら下がっている電球に目を向ける。

ブレーカーが落ちたくらいなら、簡単に戻せるが、一心の言うように、電柱などに雷が落ちたのだとすると厄介だ。

復旧するまでに、それなりに時間がかかるかもしれない。

今は、薄暗いながらも視界が確保できているが、もうすぐ夜になる。それまでに復旧するといいのだが——。

「きゃっ！」

耳をつんざくような悲鳴が上がった。

その声の主が誰であるかは、すぐに察しがついた。

晴香だ——。

後藤は、半ば反射的に踵《きびす》を返し、絵が飾ってある部屋に舞い戻った。

「なっ！」

後藤は、目にした光景に、思わず声を上げた。

部屋のほぼ中央に、晴香がうつ伏せに倒れていた。

「おい！　しっかりしろ！」

八雲が、血相を変えて晴香に駆け寄る。

驚いている場合ではない。後藤も、晴香の許《もと》に行く。

ざっと見ただけだが、脈も動いているし、息もある。

ただ、意識を失っているだけのようだ。

誰かに見られているような気がして、はっと顔を向ける。

そこには、例の絵があった。

白い着物を着た男が、赤い双眸《そうぼう》でじっと後藤を見ていた。

絵の中から幽霊が出て来て、晴香を襲ったのか——いや、そんなはずはない。

後藤は、頭に浮かんだ突飛な考えを打ち消した。

8

晴香は、ゆっくりと瞼《まぶた》を開けた——。

霧がかかったような視界の向こうに、見慣れない板張りの天井があった。

頭が重く、何も考えられなかった。

「目を覚ましたようだね」

聞き覚えのある、柔らかい声が降ってきた。

一心だった。

晴香の顔を覗《のぞ》き込み、ほっとしたような笑みを浮かべている。

「私は……」

ゆっくりと身体を起こす。

少し目眩《めまい》がした。

目を擦《こす》って辺りを見回す。六畳ほどの広さの和室に、布団が敷かれていて、晴香はそこに横になっていた。

部屋の中には、一心の他に、八雲と後藤の姿もあった。

「晴香ちゃん。大丈夫か？」

後藤が、晴香の脇に屈《かが》み込みながら、声をかけてくる。

晴香は頷《うなず》いて応じたあと、壁に寄りかかるようにして立っている八雲に目を向けた。

「まったく。君はトラブルメーカーな上に、人騒がせだ」

八雲は、怒ったように眉間《みけん》に皺《しわ》を寄せ、腕組みをしながら言った。

だが、本当に怒っているわけではないことは、その目を見れば分かる。少しは心配してくれていたようだ。

「私は、どうしてここに？」

晴香は誰にともなく訊《たず》ねた。

「覚えていないのか？」

八雲が聞き返してくる。

視界はだいぶはっきりしてきたが、頭の中には、相変わらず霧がかかっていて、はっきりと思い出すことができない。

「我々は部屋を出て、廊下を歩いていたのですが、途中で晴香ちゃんの姿が見えないことに気づきました。どうしたのだろうと思っているうちに、悲鳴が聞こえて、慌てて駆けつけたら、例の掛け軸のある部屋に、晴香ちゃんが倒れていたというわけです」

困惑する晴香を手助けするように、一心が説明してくれた。

だが、それは、あくまで一心たちの目線で、晴香は自分自身に何が起きたのかを、理解できていなかった。

「悲鳴……倒れる……」

晴香は、口に出してみる。

「ええ。意識を失っていたんです。十分かそこらの短い時間ですが」

一心が笑みを浮かべるのと同時に、ピカッと窓の外が光った。

遅れて、雷鳴が窓ガラスを揺さぶる。

それに呼応するように、晴香の頭の中に記憶の断片が浮かんだ。

「絵の中から幽霊が……」

晴香は、脳裏に浮かんだ光景をそのまま口にする。

「何だって？」

後藤が、目を見開き声を上げる。

「私、見たんです。部屋を出る前、何かの気配を感じて振り返ったんです。そしたら、そこに黒い影が立っていて……」

「それから？」

一心が先を促す。

「私、怖くて、動けなくなって……」

喋《しゃべ》りながら晴香は額に手をやった。

さっきまでは、何も思い出せなかったのに、湧き出るように記憶が蘇《よみがえ》ってくる。

「それは幽霊だったのか？」

後藤が催促するように訊ねてくる。

「多分、そうだと思います。しばらく、その幽霊はじっとしていたんですけど、私が逃げようとしたら、いきなり襲いかかってきて……」

その瞬間の恐怖が、晴香の中に鮮明に蘇り、皮膚が粟立《あわだ》った。

「それからどうなった？」

八雲が顎《あご》を引いて晴香を見据える。

「はっきりとは分からないけど、突き飛ばされて……そのあとは……」

晴香は、そこで言い淀《よど》んだ。

思い出せるのはそこまでだった。気づいたら、この部屋にいたというわけだ。

「やっぱり、絵の中から幽霊が出て来たってわけか……」

後藤は、苦い口調で言いながら八雲に目をやる。

が、八雲は何かを考え込んでいるらしく、尖《とが》った顎に手をやったまま何も答えようとしない。

「八雲君。これって……」

晴香が声をかけたところで、すっと襖《ふすま》が開いた。

部屋に入って来たのは、静子だった。氷嚢《ひょうのう》代わりの濡《ぬ》れタオルと、水の入ったグラスの載った盆を持っている。

晴香を見るなり「良かった。目を覚ましたんですね」と声をかけてきた。

「あ、はい」

「痛みはどうですか?」

「まだ少し痛みますけど、大丈夫です。お騒がせしました」

晴香が答えると、静子は綺麗《きれい》な所作で座りながら頭《かぶり》を振った。

「とんでもないです。私が余計なことを相談したせいで、危ない目に遭わせてしまったようで……」

静子が申し訳なさそうに目を伏せた。

——何だろう?

晴香は、その顔に違和感を覚えた。静子の表情は、晴香のことだけを心配しているのとは少し違うような気がする。

静子は、もっとずっと大きな何かを押し殺し、憂いを抱いて生きている——そんな風に見えた。

「一つ、お訊《き》きしてもよろしいですか?」

そう切り出したのは、一心だった。

「何でしょう?」

静子は、はっと顔を上げる。

「あの絵は、どういう経緯のものなのですか?」

一心が問う。

「経緯とは、どういうことでしょう?」

静子が聞き返す。

「いえね。わざわざ、あの絵を寝室に飾ってあるからには、何か理由があるのかと思ったわけです」

一心の疑問はもっともだ。

可憐《かれん》な花や蝶《ちょう》や鳥の絵なら、寝室に飾る理由も分かる。だが、あの絵は、そうしたものとは趣が違う。

静子は、少し考えるような間を置いたあとに、ゆっくりと語り出した。

「先代の話では、あそこに描かれているのは、先代の祖父に当たる人物の、命の恩人なのだとか――」

「命の恩人――ですか」

一心が、ほうっと感心したような声を上げる。

「ええ。何でも、先代の祖父は奇妙な心霊現象に悩まされていたそうです。そのせいで、商売も立ちゆかなくなっていたそうです」

「心霊現象──」

晴香は、思わず声を上げた。

八雲と後藤も、顔を見合わせている。

「はい。どんなことがあったのかは、詳しく存じませんが、命の危険に晒《さら》されるような状態であったようです」

「そうでしたか」

一心が相槌《あいづち》を打つ。

「そんなとき、偶々《たまたま》、絵師の少年と、あの絵の人物に出会ったそうです。何でも、あの絵の方は、憑《つ》きもの落としだったようです」

「憑きもの落としって？」

「分かり易くいえば、霊媒師のようなものだ」

晴香が疑問を口にすると、八雲が端的に答える。

「あの絵に描かれた憑きもの落としは、見事心霊現象を解決してくれたそうです。それ以降、商売も軌道に乗ったということです。先代の祖父は、守り神のようなつもりで、あの絵を飾るようになったと──」

「そうでしたか」

一心が、納得したように大きく頷《うなず》く。

そんな一心を、静子がじっと見つめている。

一心の左眼は赤い。赤いコンタクトレンズを入れているからだが、それを知らない静子は、その赤い眼を先天的なものだと考え、絵の人物と一心との間に、何かしらの関連性を見出《みいだ》しているのかもしれない。

それは、晴香も同じ気持ちだった。

静子の話では、あの絵に描かれた人物は、心霊現象を解決したのだという。それは、八雲と同じように、あの赤い眼で死者の魂——幽霊が見えていたからこそ、できたことなのではないだろうか。

そう考えると、あの絵に描かれた人物は、八雲の先祖なのかもしれない。

ちらりと目を向けると、八雲が口許《くちもと》にふっと笑みを浮かべた。

今の笑みには、いったいどんな意味があるのだろう？　訊ねようとしたが、八雲はその前に表情を引き締めて静子に向き直った。

「ぼくからも、一つお訊きしてよろしいですか？」

八雲の問いに、静子が「はい」と応じる。

「先ほど、現在この酒蔵を切り盛りしているのは、あなただとお伺いしましたが、それは本当に先代が望んだことなのですか？」

八雲の質問を受けた静子の顔が、みるみる強張《こわば》って、青ざめるのが分かった。

なぜ、八雲がこんな質問をしたのか——その意図は晴香にも分かった。

玄関先でのやり取りのあと、正妻の子である健三と、養子である静子との間に、跡目争いがあったと静子は語っていた。

それが、心霊現象とどういう関係があるかは定かではないが、健三の「あの女は、人殺しだからな」という言葉も無視できない。

しばらく、引き攣《つ》った顔のまま固まっていた静子だったが、やがて諦《あきら》めたように長いため息を吐いた。

「先代は、生前に、私に蔵のことは任せた――と仰《おっしゃ》いました」

そのときのことを思い出したのか、静子は目に薄《うっす》らと涙を浮かべた。

「遺言状などは、残されたのですか？」

八雲が問う。

静子は、指先で目頭を押さえ、洟《はな》を啜《すす》ってから口を開く。

「遺言状の類《たぐ》いは残っていません。ただ、私が聞いただけです」

「健三さんは、それで納得されたんですか？」

口を挟んだのは一心だった。

「いいえ。先代の四十九日が終わった辺りから、ここを引き渡すようにと、健三さんが迫ってくるようになったんです」

「そうでしたか……」

一心が、同情を込めた視線を静子に向ける。

「失礼ですが、健三さんは、あなたのことを人殺しだと言っていましたが……」

八雲が、口にしながら挑戦的な目で静子を見る。

静子は驚いたように目を見開いたあと、また長いため息を吐いた。

「そんなわけありません。でも、健三さんは、私がこの酒蔵を手に入れたいが為に先代を殺したと、吹聴《ふいちょう》しています」

──そういうことか。

静子の言葉を聞き、晴香は健三とのやり取りの経緯を理解した。

「私は妾《めかけ》の子です。健三さんが、跡を継ぐと言うのであれば、いつでもお譲りします。しかし……」

静子は、そこまで言って顔を伏せた。

「しかし──何です？」

一心が先を促す。

「おそらく健三さんは、酒蔵を止めて、ここを売却しようとしています。それでは、私も引くに引けません」

静子の言葉を聞き、晴香は胸に刺さるような痛みを覚えた。

彼女は、自分の出自に対して、相当に強いコンプレックスを持っている。心のどこかで、自分の存在を否定してしまっているのかもしれない。

結果として、酒蔵を守ることでしか、己の価値を見出せない。そんな感じだ。

しかし、それは彼女には何の責任もないことだ。思いはしたが、口に出すことはできなかった。

どう伝えていいのか分からなかったし、自分のような若輩者が何を言おうと、静子の心には届かない気がした。

「健三さんが、ここを売却しようとしているというのは、本当ですか？」

疑問を投げかけたのは八雲だった。

一瞬、静子の顔が強張る。

「健三さんは、ここを継ぐつもりだと言っていますが、信用できません。これまで、何年も家に寄りつかなかった人ですよ」

静子の言葉には、明らかに棘《とげ》があった。

だが、そうなる気持ちも頷ける。詳しいことは分からないが、酒蔵は一朝一夕にして成せるほど甘いものではないだろう。

これまで、家に寄りつかなかった健三が、跡を継ぐと言ったところで、信頼できるはずがない。

「もう一つ、お訊《き》きしてよろしいですか？」

八雲が、真っ直ぐに静子を見据える。

「はい」

「この酒蔵は、売却したら幾らくらいになるんですか？」

八雲の不躾《ぶしつけ》な質問に、静子はむっと表情を強張らせたが、それでも口を開く。

「分かりません。ただ、大した金額にはならないと思います。正直に言うと、あまり経営状態がいいとは言えません。特に、先代が亡くなってからは……」

静子が言い淀《よど》んだ。

そう言えば、静子は大手に押されて、あまり経営が芳しくないというようなことを口にしていた。

だからこそ、健三は早く売却して、少しでも金にしたいのかもしれない。

一方の静子は、この酒蔵を守りたい。二人の考えは相容《い》れないということだろう。

「事情は分かりました」

八雲は、そう言いながら立ち上がると、一心に目配せをした。

それに応じた一心は、八雲と連れだって部屋を出て行った。二人だけで、何やら相談しているらしい。

「あいつら、何を考えてやがる」

晴香の心情を代弁するように後藤が呟《つぶや》いた。

残念ながら、晴香は「何でしょう？」と首を傾げるしかなかった。

しばらくして、八雲と一心が部屋に戻って来た。何をしていたのか、問いかけようとしたが、それより先に八雲が口を開いた。

「後藤さん。少し付き合ってもらえますか？」

「構わねぇが、何をするつもりだ？」

「来れば分かります」

八雲は、それだけ告げると、再び部屋を出て行く。

後藤は釈然としないという風にため息を吐いたものの、八雲のあとに続いて部屋を出て行った。

「さっき何を話していたんですか？」

晴香は、一心に問いかけてみた。

一心は「何だろうね」と、他人事《ひとごと》のように言って笑みを浮かべた。

9

大粒の雨が、地面で弾《はじ》けている。

傘を差してはいるが、すぐに足許《あしもと》がびしゃびしゃになった。傘から垂れた滴で、肩も濡《ぬ》れてしまっている。

本当に酷《ひど》い雨だ——。

「おい。八雲。何をする気だ？」

後藤は、雨音にかき消されないように、声を張って八雲の背中に呼びかけた。

「妙だと思いませんか？」

八雲は、疑問を口にしながら、建物の裏手に歩みを進める。

「何が——だ？」

「あいつの証言ですよ」

あいつというのは、晴香ちゃんのことだ。

今の言い様からして、八雲は、晴香が語った内容に、何か引っかかりを覚えているらしい。

だが——。

「晴香ちゃんが嘘を吐いているとは思えねぇな」

「そんなことは分かってます。あいつは、嘘が下手ですから」

まあ、八雲の言う通りだ。

晴香は上手に嘘が吐けるタイプではない。

「だったら、妙なことはねぇだろ」

「だから、後藤さんは刑事失格なんですよ」

「何だと！」

後藤は、八雲の肩を摑《つか》む。

「本当に分からないんですか？」

「分からないから訊いてんだろ」

「無能な熊ですね」

八雲が大げさにため息を吐いた。

本当に頭にくる野郎だ。ぶっ飛ばしてやりたいところだが、ここはぐっと堪《こら》える。

「何とでも言え。それより、何が妙なんだ？」

「あいつの証言が真実だとすると、ぼくの理論に反するんですよ」

そのひと言で、後藤も八雲が何に対して疑念を抱いているのか察しがついた。

幽霊が見える赤い左眼を持つ八雲は、これまでの自身の経験から、幽霊は死者の想いの塊のようなもので、物理的な影響力は持たないと定義している。

後藤も、これまで八雲と幾つもの事件にかかわってきて、その考えには納得している。

だが――。

今回、晴香は幽霊に襲われ、突き飛ばされたと証言している。驚いて卒倒したとかではなく、物理的な衝撃を受けて気絶したのだ。

「だけど、晴香ちゃんが嘘を吐いていないんだとすると、辻褄《つじつま》が合わねぇじゃねぇか」

「問題はそこです――」

八雲が足を止め、振り返った。

「何か思い当たる節でもあるのか？」

「後藤さんは、何も気づきませんでしたか？」

「は？」

「現場の状況を見て、何も気づかなかったか――と訊いているんです」

八雲が焦《じ》れたように言う。

後藤は、改めて現場の状況を思い返してみたが、八雲が何を言わんとしているのか、まるで分からない。

「何かおかしいところがあったか？」

後藤が口にすると、八雲はやれやれ――という風に首を左右に振った。

「後藤さんの目は節穴ですね」

「何だと！」

「状況を見れば、考えられる可能性は一つしかないんです」

八雲の今の口ぶり――すでに、今回の事件の全容が見えているかのようだ。

「分かってんなら、その可能性ってのを聞かせろ」

「お断りします」

八雲がぷいっとそっぽを向く。

「てめぇ！」

怒りとともに詰め寄ったが、八雲はそんなことにはお構いなしにさっさと歩いて行ってしまう。

腹は立ったが、八雲の性格からして、ここで後藤がいくら騒いだところで、貝のように口を閉ざして何も答えないだろう。

後藤は、諦《あきら》めて八雲のあとを追いかけた。

八雲は晴香が倒れていた部屋に面した壁のあたりまで来ると、屈《かが》み込んで何かを観察し始めた。

「何を見ているんだ？」

「証拠が残っていると思ったんですけど、この雨だと厳しいですね……」

八雲が苦い顔で答える。

「証拠って、何の証拠だ？」

「ここまで話して分かりませんか？」

「だ、か、ら──分からないから訊いてんだろうが」

「無能なクセに威張らないで下さい」

八雲が立ち上がり、蔑《さげす》むような視線を後藤に向けた。

──バカにしやがって！

「いいから教えろ」

後藤が舌打ち交じりに返すと、八雲がふっと小さく笑みを漏らした。

「じゃあヒントです」

──ヒントって、クイズかよ！

試すような態度に、苛立《いらだ》ちは募る一方だが、何とか我慢して先を促す。

「幽霊に対するぼくの定義を前提にして考えて下さい。あいつを襲ったのが、幽霊だとすると、あの部屋には、もの凄《すご》く不自然な点があるんですよ」

「あっ！」

後藤は、思わず声を上げた。

そうか——と今さらのように納得する。こんなことにも気づかなかったとは、情けない。目が節穴だと言われても仕方ない。

「つまり、あの現場には……」

後藤は途中で言葉を呑《の》み込んだ。

自分たちに向けられている何者かの視線を感じたからだ。

後藤は素早く辺りを見回す。

——いた！

十メートルほど離れたところに、人が立っているのが目に入った。

建物の陰に隠れるようにして、じっとこちらを見ている。傘がなければ、気づかなかったかもしれない。

「後藤さん」

八雲が、そう言って目配せをした。

言われるまでもない。後藤は、男に向かって真っ直ぐに歩みを進めて行く。

男は、後藤が歩み寄るにつれて、後退《あとずさ》りを始める。やがて、背中を向けて足早に立ち去ろうとする。

「おい！」

後藤が、声をかけると、男はビクッと足を止めた。

「こんなところで何をやってる？」

後藤が訊《たず》ねると同時に、男は傘を投げ捨て、一目散に駆け出した。

——野郎！

「待て！」

後藤も傘を放り出すと、地面を蹴《け》って走り出した。

雨が顔にかかり、視界を奪う。

後藤は、それでも走る速度を緩めることなく、必死に男の背中を追いかける。

幸いにして、男はたいして足が速くはなかった。このままいけば、すぐに追いつくことができるだろう。

だが、安心もしていられない。

土地勘のない場所だ。路地に逃げ込まれたら、見失ってしまう可能性が高い。迅速に押さえる必要がある。

後藤は、雄叫《おたけ》びを上げながら加速し、男の腰にタックルを見舞った。

そのままもつれ合うように倒れ込む。

「や、止めて下さい！　私が、何をしたって言うんですか！」

男は、声を上げながら必死に暴れるが、後藤が腕を取って押さえつけると、抵抗は無駄だと判断したのか、すぐに大人しくなった。

後藤は、男の顔を見て「え？」となった。

「お前、誰だ？」

思わず、口を突いて出る。

取り押さえた男は、初めて見る顔だった。てっきり、健三とかいう男だと思っていたので、拍子抜けしてしまう。

痩《や》せて線の細い顔立ちに、シルバーフレームのメガネ。おどおどした表情は、どことなく相棒の石井に似ている。

「いったい、何なんですか……」

男が、震える声で言った。

そう問われると、返す言葉に困る。後藤自身、明確な理由があって追いかけたわけではないのだ。

「お前が、逃げるからだろうが」

自分でも、言いがかりだと思いながらも、男に詰め寄る。

「そんなこと言われても――急に追いかけてくるから」

男が怯《おび》えた目で後藤を見る。

そんな風に言われると、こっちが悪いみたいになってしまう。

「やましいことがあるから、逃げたんじゃねぇのか？」

「ち、違います」

「何が違うんだ？」

「そうですよね。こんな熊みたいな男に、いきなり追いかけられたら、誰だって逃げますよね」

八雲が、呑気《のんき》な口調で言いながら歩いて来た。

こっちはずぶ濡《ぬ》れだというのに、ちゃっかり傘を差し、飄々《ひょうひょう》と歩いて来る姿に、無性に腹が立った。

「お前、どういう言い草だ」

「そんなことより、早くその人を放してあげて下さい」

八雲が、ガリガリと寝グセだらけの髪をかきながら言う。

「いいのか？」

言葉にこそしなかったが、八雲も、この男を追うように視線を送ってきたはずだ。

「ええ。まったく問題ありません」

八雲は、肩を竦《すく》めてみせる。

何だか釈然としない思いを抱えながらも、後藤は男から手を離した。

八雲は「大丈夫ですか？」と、男に手を差し出す。

男は、戸惑いを見せつつも、八雲の手を借りて起き上がった。地面に倒れていたせいで、後藤よりびしょびしょに濡れている。

「急に失礼しました。少し、お話を聞かせて頂いてよろしいですか？」

八雲が丁寧な口調で問うと、男は観念したように目を閉じた。

10

「もう一度、あの絵を見に行ってみませんか？」

そう提案してきたのは、一心だった。

——怖い。

それが、晴香の本音だった。

あんなことがあったすぐ後に、再びあの絵を見に行くというのは、やはり抵抗がある。

だが、ここでじっとしていても、事件は何も解決しないし、八雲と後藤が戻って来るまで、何もしないというのも、どうかと思う。

この時間を利用して、改めてあの絵を見ておくことで、何か摑《つか》めるかもしれない。

「そうですね。そうしましょう」

晴香は、怖い気持ちを抑え込んで答えた。

静子も「分かりました」と応じたので、三人で再び絵のある部屋に足を運ぶこととなった。

電気がまだ復旧していないこともあり、部屋の中は、闇に沈んでいるようだった。

そんな中、あの絵が不気味に佇《たたず》んでいる。

カッと見開かれた赤い双眸《そうぼう》が、時を超えて何かを訴えかけているような気がする。

「さて——始めるとしますか」

一心が、手を擦り合わせるようにして声を上げた。

「始めるって……ここで、何かするんですか？」

晴香が訊ねると、一心はにこっと笑みを浮かべた。

「はい」

「何をするんですか？」

「八雲流に言うなら、謎解きといったところかな」

「謎解き？」

一心の口から出た思いがけない言葉に面食らった。

謎解きをするということは、一心は、すでに事件の真相を看破しているということになる。

「まあ、実際は謎解きなどというたいそうなものではないけどね」

一心が、照れ臭そうに首の後ろを掻《か》いた。

老成している一心が、急に子どもっぽく見えた。こうしたギャップが、一心の魅力の一つなのかもしれない。

とはいえ、一心に謎解きができるか否かは定かではない。

「大丈夫なんですか？」

晴香は思わず口にした。

「まあ、これくらいの謎なら、何とかなるでしょう」

一心はこともなげに言う。

「そ、そうなんですか」

「まずは幾つかはっきりさせないといけないですね」

一心は、そう言って静子に向き直った。

その所作が、どことなく八雲に似ているような気がした。

「何でしょう？」

「静子さん。この絵は、いつからこの部屋にあるのですか？」

一心が、絵を指差しながら訊ねる。

「先代が亡くなるまでは、先代の部屋にありました。亡くなったあと、私の部屋に移しました」

「そうですか。先代からは、幽霊が出るという話を聞いたことはありますか？」

「私は聞いたことがありません」

静子の答えを聞き、満足したのか、一心が「うん」と大きく頷《うなず》いた。

「晴香ちゃんにも訊《き》きたいんだが……」

一心が、今度は晴香に目を向ける。

「何でしょう？」

「晴香ちゃんの見た幽霊の眼は、赤かったかな？」

一心に問われて、記憶の糸を手繰る。

あの黒い影が鮮明に脳裏に蘇《よみがえ》り、ぶるっと身震いした。同時に、一心の問いかけに対する答えを見つけ、ざわざわっと胸が騒いだ。

「赤くはなかったです」

じっと晴香を見たあの目は、恐しいと感じはしたが、こうやって改めて思い出してみると、赤くはなかった。

「服装はどうだったかな？」

「よく覚えていませんけど……紺色の着物を着ていた気がします」

「白ではなかったんだね」

「はい」

晴香が答えると、一心が大きく頷いた。

「つまり——幽霊とこの絵は無関係ということになるね」

一心が顎《あご》に手をやりながら言う。

「そうですね」

晴香も同意した。

一心に説明しながら、自分でもその可能性に思い至っていた。

混乱していて、絵から幽霊が出て来たと口にはしたものの、こうして落ち着いて考えると、絵と幽霊とは別のものだった気がする。

「晴香ちゃんの前に現れたとき、幽霊は何か言っていたかい？」

「いいえ。何も……」

晴香は頭《かぶり》を振った。

八雲なら、幽霊から情報を聞き出せたかもしれないが、晴香にはそれができない。何だかもどかしい。

「言葉はなかったとしても、何か訴えたりしていなかったかい？」

一心が、別の質問を寄越した。

「訴える……」

「そう。たとえば、表情だったり、動きだったり、何でもいい」

「表情……動き……」

口にしながら、晴香は改めて考えを巡らす。

何かあっただろうか――最初は、何も思い当たることがなかった。が、不意に閃《ひらめ》きのようなものがあった。

「何か思い出したようだね」

表情から全てを察したらしく、一心が目を細める。

「はい。こう、すっと手を伸ばしたんです」

晴香は、あのときの光景を思い浮かべながら、手を水平に上げた。その指は、自然と絵を指し示していた。

「やはりこの絵か──」

一心が呟《つぶや》くように言った。

「何か分かったんですか？」

晴香が問うと、一心はにっと口角を吊《つ》り上げて笑った。

「私の勘が正しければ、晴香ちゃんが見た幽霊は、絵から出て来たのではなく、絵を見るように訴えていたんだよ」

「どういうことですか？」

「おそらく、この部屋に現れていたのは、先代の幽霊なんだ。先代は、静子さんに、この絵を見るように、訴えかけていたのではないでしょうか？」

一心の考えは理路整然としていて、筋が通っているように思える。

だが、それでも分からないことが一つある。

「どうして、絵を見るように訴えたんですか？」

わざわざ訴えるまでもなく、静子は毎日この部屋を使っているのだから、否《いや》が応でも目に入る。

「本当に見て欲しかったのは、絵そのものというより、絵に隠されたものなのだろうね」

一心は、そう言うと掛け軸を取り外して畳の上に置き、しげしげと眺める。

「何が隠されているんですか？」

晴香は、絵を覗《のぞ》き込むようにして訊《たず》ねた。

「ここを見てごらん――」

一心は、絵の右下の隅を指差した。

目を向けると、一心が指し示した部分が、わずかに折れ曲がり、掛け軸から本紙である絵が剝《は》がれかかっているのが確認できた。

「これって……」

晴香が口にすると、一心が大きく頷いた。

「ええ。おそらくこの絵は一度、掛け軸から剝がされています。その上で、再び貼られました」

「どうして、そんなことを？」

「口で説明するより、確かめてみた方が分かり易いでしょう。静子さん。よろしいですか？」

一心が許可を請う。

静子は、判断に迷ったのか、しばらく黙っていたが、やがて「お願いします」と返事をした。

一心は破れないように、慎重に掛け軸から絵を剝がしていく。

全てを剝がし終えたところで、晴香は「これは……」と思わず声を上げた。

掛け軸と絵の間に、封筒が挟み込まれていたのだ。

一心は、その封筒を手に取ると、静子に「どうぞ」と差し出した。

静子は受け取りはしたものの、すぐに中身を確認しようとはせず、困惑した視線を一心に向ける。

口に出さずとも、「どうしてこんな物が？」という疑念が浮かんでいるのが手に取るように分かる。

「おそらく、先代がその封筒をここに隠したのです」

一心の説明を受け、静子の表情は、ますます険しいものに変わった。

「先代が？　どうして？」

静子が問うと、一心はわずかに哀しげな表情を浮かべた。

「おそらく、あなたに見て欲しかったのだと思います」

「私に？」

「そうです。その中身は、おそらくは遺言状です」

一心がさらりと言った。

晴香は、感嘆とともに一心に目を向けた。

最初に一心が謎解きをすると言い出したときには、半信半疑だった。いや、むしろできるはずがないとすら思っていた。

だが、一心は晴香と静子から聞き出したわずかな情報を基に、幽霊が訴えていたのは、〈遺言状〉の在処《ありか》であることを推察し、その場所を突き止めてしまった。

さすが八雲の叔父《おじ》だ。

いや、一心は幽霊が見えていない。それにもかかわらず、ここまでの事実を明らかにしてしまうのだから、八雲以上かもしれない。

「話は聞いていましたよね。そろそろ、出て来てはいかがですか？」

急に、一心が語りかけるような口調で言った。

——誰に向かって呼びかけているの？

晴香が考えを巡らしている間にも、一心は言葉を続ける。

「そんなところに籠《こ》もっていては、さぞ息苦しいでしょう」

一心は、さっきより声を張った。

視線は押し入れに向けられている。

あの中に、誰かいるのだろうか？

返事はなく、押し入れの戸も閉まったまま、激しい雨音だけが部屋に響く。

晴香は、ただ黙って成り行きを見守るしかなかった。静子もまた、押し入れに目を向けたまま固まっている。

「あなたも、遺言状の内容を知りたいんでしょう？　だから、そんなところに閉じ籠もる羽目になった。どうです？　一緒に中身を確認しませんか？」

一心は、三度押し入れに向かって呼びかけた。

しばらくは反応がなかったが、やがて、すっと押し入れの戸が開いた。

そして中から、ぬうっと男が姿を現した。全身びしょ濡《ぬ》れで、髪から水滴が滴り落ちていた。

見たことがある。あの人は——。

「健三さん」

静子が、驚きとともに口にした。

「どうして、あの人がここに？」

晴香は答えを求めて一心を見た。

一心は、押し入れの中に健三が潜んでいることを、最初から分かっていたかのようだった。

おそらく、隠れていた理由も知っているはずだ。

「簡単な話ですよ。畳の上にできた水の染みを辿《たど》れば、そこに人が隠れていることは、自《おの》ずと明らかになります」

一心が、畳の上に付着している水の染みを指差しながら言う。

ぱっと見、不規則に水滴が落ちているように見えるが、言われてみればなるほど、それは点々と押し入れの方に向かっている。

「それから、晴香ちゃんの話を聞けば、この部屋に私たち以外の誰かがいたことは明らかでしょ」

一心が、そう続けた。

「ど、どういうことですか？」

晴香が問うと、一心がにっと笑う。

「晴香ちゃんは幽霊に襲われたと言っていたね」

「はい」

「それが、実は不自然なんだ」

「私、嘘は吐いていません」

晴香が強い口調で反論すると、一心が頭《かぶり》を振った。

「晴香ちゃんが嘘を吐いたとは言っていないよ。ただ、八雲がいつも口にしている理論を思い出して欲しい」

一心に言われて、晴香ははっとなった。

そうだった。八雲は常々、幽霊は死者の想いの塊のようなもので、物理的な影響力は持たないと言っている。

つまり、晴香が幽霊に遭遇することはあっても、危害を加えられることはない。

ただ、それで全てに納得したわけではない。なぜなら——。

「私が見たのは、確かに幽霊でした」

否定されるかと思っていたが、一心は「そうだね」とあっさり肯定してしまった。こうなると、逆に晴香の方が困惑してしまう。

「晴香ちゃんは、確かに幽霊を見た。それは間違いない。ただ、その幽霊と晴香ちゃんを襲ったのは、別の人だったということだよ」

「別の人？」

「多少、推測は入るけど、だいたいはこんな感じだ——」

そう前置きしてから、一心は説明を始めた。

それによると、健三は玄関先で晴香たちに出会《でくわ》したあと、そのまま帰らずに、外から窓を開けてこの部屋に入った。

接客をしているのであれば、帰るまでは部屋に戻らないと踏んだのだろう。

だが、そこに八雲たちが絵を見る為に入って来てしまった。

慌てて押し入れの中に逃げ込み、息を潜めていた。

しばらくして、雷が落ち、部屋が暗くなった。状況の分からなかった健三は、てっきり全員が部屋を出たものだと思い込み、押し入れの中から出た。

ところが、幽霊を見て硬直する晴香がまだ部屋に残っていた。

健三は、咄嗟《とっさ》に晴香を突き飛ばしたものの、悲鳴を上げられてしまう。みなが部屋に舞い戻って来る足音を聞き、再び慌てて押し入れに隠れた。

そして晴香は、幽霊の姿と健三の姿が、偶然にも重なって見えたことから、幽霊に襲われたという錯覚を抱いてしまった。

口調は穏やかだが、一心の舌鋒《ぜっぽう》は鋭かった。

こうも鮮やかに推理を組み立てることができるとは——晴香は、一心の新たな一面を垣間見て、ただただ感服していた。

しかし、落ち着いて考えてみると、まだ分からない点があった。

「どうして健三さんは、私を突き飛ばしたあと、家から逃げなかったんですか？」

晴香が倒れたあと、隣室に移され、全員がそこに移動したのだ。その間に、逃げるタイミングはあったはずだ。

「逃げられなかったんだよ」

「え？」

「玄関から出るわけにはいかない。見つかれば、厄介なことになる。窓から出て行けば良かったのですが、慌てて混乱していたのでしょう」

そういうことかと納得したが、まだ分からないことがある。

「なぜ、健三さんは、家に忍び込んだりしたんですか？」

晴香が問うと、一心は静子の持っている遺言状に目を向けた。

「そうか——健三さんは遺言状を捜していたんですね」

晴香が口にすると、一心が大きく頷《うなず》いた。

「ええ。遺言状に自分の意に反することが書いてあると思った健三さんは、それを盗もうとしたんでしょう」

「なぜ、盗む必要があったんですか？」

晴香が訊《たず》ねると、一心が哀しそうに目を伏せた。

「もし、遺言状に酒蔵の権利を全て静子さんに譲渡する――と書いてあったら？」

一心の説明を聞き、そういうことか――と晴香も納得する。

全てを静子に奪われたくないと考えたのだろう。

静子は、まだ遺言状の存在を知らないようだったし、自分で先にそれを見つけて奪ってしまえば、遺産は法に則《のっと》り、肉親で分配することになる。

全部とまではいかないが、幾らかは自分の懐に入ってくるというわけだ。

「あなたに、この酒蔵は渡しません」

静子がきっぱりと言った。

その目は覚悟に満ちていた。だが、同時に、悲壮な何かを宿してもいた。なぜ、彼女はこんな目をするのだろう？

「ふざけんなよ！　お前のせいで、おれがどんな想いをしてきたか分かるか？」

健三が、吐き出すように言った。

「自分勝手に振る舞い、酒蔵を継ぐのが嫌で、逃げ出した人が何を今さら――」

静子が健三を睨《にら》み付ける。

「何を言ってやがる！　お前がいたから、おれは出て行ったんだよ！　親父は、お前のことばかりで、おれのことなんてちっとも認めようとしなかった！」

「違います！」

「何が違うんだよ！」

「先代は、本当はあなたに継いで欲しかったんです。私ではなく……」

静子の目に涙が浮かんだ。

「そんなわけねぇだろ！」

「あるんですよ。先代は、生前に言ったんです。もし、健三が戻って来たなら、お前は、お前の好きなように生きろ――と」

静子の頰を涙が伝った。

何と残酷な言葉だろう。晴香は、胸に突き刺さるような痛みを覚えた。それでは、静子は健三の代わりにすぎないと言っているようなものだ。

妾《めかけ》の子であることに、コンプレックスを抱いていた静子からしてみれば、胸を裂かれる思いだっただろう。

「でも、あなたは先代が亡くなるまで、戻って来なかった。だから、私がここを守ると決めたんです」

静子は、遺言状を胸の前でぎゅっと抱き締めた。

晴香には、それが痛みを堪《こら》えているかのように見えてしまった。

「ふざけんな！　今さらなんだよ！」

健三が拳《こぶし》を振り上げて、静子に襲いかかる。

「危ない！」

晴香は、そう叫ぶのが精一杯だった。

健三の拳が、静子に伸びる。が、彼女に届くことはなかった。

もの凄《すご》い速さで、部屋の中に何かが飛び込んで来て、健三を押し倒し、畳の上に組み伏せたのだ。

健三を押さえたのは、後藤だった。

「無事だったようだな」

ずぶ濡《ぬ》れの後藤が、満足そうに言う。

「まったく。叔父《おじ》さんは詰めが甘い」

文句を言いながら部屋に入って来たのは、八雲だった――。

11

「八雲君！」

晴香は、安堵《あんど》とともに声を上げた。

健三が静子に襲いかかったときには、どうなることかと思ったが、後藤がしっかりと押さえているし、これで一段落といったところだろう。

「すみませんが、お二人には、もう少しだけ付き合ってもらいます」

八雲が、静子と健三それぞれに視線を向けながら言った。

今の口ぶりだと、まだ終わっていないと言っているようだ。事件の全貌《ぜんぼう》は明らかになったはずなのに、八雲はこれ以上、何をしようというのだろう？

晴香が考えを巡らしている間に、八雲はすっと部屋の中央に歩み出ると、ぱんっと手を打った。

たったそれだけで、登場したばかりの八雲が、この部屋の空気を全て掌握してしまったかのようだ。

晴香は固唾《かたず》を呑《の》んで、八雲を見守る。

「健三さんが、押し入れに潜んでいた目的と、その理由については、だいたい叔父さんが説明した通りです」

八雲の説明を聞き、晴香は困惑した。

「もしかして、聞いてたの？」

「途中からね」

八雲は悪びれもせずに言う。

「だったら、どうしてすぐに来なかったの？」

「叔父さんに花を持たせようとしたんだ。まあ、詰めが甘かったけどね」

「そう言うな。慣れていないんだ」

一心が、参ったな——という風に頭に手をやった。

「詰めが甘いってどういうこと？」

部屋に入って来たときも、八雲は同じことを言っていた。それが、何を指すのかが分からない。

「健三さんが、この酒蔵を売ってしまおうとしているとは、思えなかったんだろ」

一心が告げる。

「何だ。分かってるじゃないか」

八雲が呆《あき》れたように言いながら、寝グセだらけの髪を、ガリガリと掻《か》いた。

「どういうこと？」

晴香は、身を乗り出すようにして訊ねた。

静子の話では、健三は高校卒業後、酒蔵を継ぐのが嫌で飛び出したということだったのに——。

「言葉のままだ。健三さんは、この酒蔵を売って金にしようなんて、少しも考えていないんだよ」

「何を言っているんです？　この人は……」

静子がすかさず反論するが、八雲がそれを制した。

「気持ちは分かります。しかし、違うんです。そうですよね。健三さん」

八雲が視線を向けると、健三はうつ伏せのままぐっと下唇を噛《か》んだ。

「おれは、静子が憎かった。親父は、いつも静子のことばかりで、おれのことを少しも認めようとしない。だから、家を飛び出したんだ」

健三は、目にいっぱいの涙を溜《た》めながら続ける。

「最初の何年かは、バイトで食いつなぎながらふらふらしていた。だけど、このままじゃいけないって、東京の酒造メーカーで働き始めたんだ。そこで修業して、いつか親父に認めてもらおうって……」

「嘘よ……そんなことはひと言も言ってなかったじゃないですか。それに、もしそうなら、ちゃんと先代に言うべきだったはずです」

静子が、非難の声を上げる。

「言えなかったんです。彼は、父親に認めさせるだけの知識や経営手腕を身につけた上で、帰って来ようと考えていたんです」

八雲の説明に、静子が「え？」となる。

「ところが、間に合わなかった。先代は亡くなり、静子さんが跡を継いでいた」

八雲が、そう締め括《くく》った。

「ここは静子が継いでいた。親父は、やっぱり、おれのことなんて、どうでも良かったんだ……」

健三の握り拳が、ぶるぶると震えていた。

「果たしてそうでしょうか？」

八雲がぽつりと呟《つぶや》く。

「だから、親父は静子に酒蔵を任せたんだろ」

健三が八雲を睨み付ける。

八雲は、その視線を正面から受け止め、しばらく黙っていたが、やがて静子に視線を移した。

「静子さん。遺言状の内容を確認して下さい」

八雲が告げる。

静子は、戸惑った表情をみせつつも、封筒から遺言状を取り出し、その中身に目を通していく。

静子の顔がみるみる強張《こわば》っていき、やがて、頽《くずお》れるように畳の上に座り込んだ。

おそらく、静子が意図した内容のものではなかったのだろう。

「何が書いてありましたか？」

八雲が問いかけると、静子は虚《うつ》ろな目で顔を上げた。

「現金、預金などの財産は全て私に――」

静子が掠《かす》れた声で言う。

「だからお前が親父を死に追いやったんだ。所詮《しょせん》財産ねらいで……」

「違います！　先代は、心臓を患っていたんです。健三さんが出て行く前からずっと……でも、それを口にはしなかった」

「何だと!?」

激昂《げきこう》する健三だったが、後藤が「黙れ」と押さえつける。

「遺言状には、他に何と書いてありますか？」

八雲が先を促す。

「酒蔵に関する権利は全て、健三さんに――と」

静子の声が震えていた。

これまで、静子は酒蔵を必死に守ってきた。それなのに、酒蔵は健三のものになってしまう。

きっと、やりきれない気持ちだろう。

遺言状の内容が、想定外だったのは健三も同じらしく、「本当なのか？」と困惑に満ちた声で言った。

「こんなのって酷《ひど》いよ。静子さんはこれまで、ずっと酒蔵を守ってきたのに……」

「それは違うな」

晴香の言葉を、八雲が真っ向から否定した。

「どういうこと？」

「静子さん。本当は、あなたはほっとしているんじゃないですか？」

八雲が静子に語りかける。

「どういうことです？」

「少なくとも、先代は分かっていました。あなたが、自分の出自を気にして、劣等感を抱いているということを――」

「私は……」

「だから、先代はあなたに殊更目をかけていたんです。元々は、自分のせいで要らぬ劣等感を与えてしまった。その贖罪《しょくざい》の想いがあったんでしょう」

「でも……」

「不義の子かもしれませんが、先代にとってあなたは紛れもなく我が子です。だから、辛《つら》かったんです。自分の存在価値を見出《みいだ》す為だけに、仕事を手伝っていたあなたを見るのが……」

「そんなはずは……」

「なぜ、先代が酒蔵の権利を健三さんに譲ると、遺言状に書いたか分かりますか？」

八雲の問いかけに、静子は力なく首を振った。

「知っていたんですよ。彼のことを……」

八雲がそう言うのが合図であったように、一人の男が部屋の中に入って来た。

雨で頭から爪先《つまさき》までびしょびしょに濡《ぬ》れていたが、ほっそりとして、知的な印象の男だった。

「一雄《かずお》さん――」

静子は、思わず声を上げた。

「静子さん……すみません。どうしても、諦《あきら》めきれなくて……」

一雄と呼ばれた男は、項垂《うなだ》れるように頭を下げながら口にした。

突然のことで、晴香には何が何だか分からない。

「どういうことなの？」

晴香が訊《たず》ねると、八雲はため息を吐きつつも、説明を始めた。

それによると、一雄は酒蔵に融資をしていた銀行員なのだという。何度か通ううちに、静子と恋に落ちた。

最近になって、一雄の転勤が決まった。それを機に、一雄は静子に結婚を申し込んだが、断られてしまった。

その理由は明白だ。

結婚して一雄の転勤について行ったのでは、この酒蔵を守ることができない。

「もしかして、先代はそれを知っていたから、二人の結婚を後押しする為にも、酒蔵の権利を健三さんに？」

晴香が口にすると、八雲が顎《あご》を引いて頷《うなず》いた。

「ああ。劣等感から酒蔵を継ごうとしている静子さんを、いつか解放できる日がくるかもしれないと思っていたんだ。幸いにして、健三さんにも、酒蔵を継ごうという意志があるようだしね。本当は、先代は自分の口で伝えたかった。でも、その前に亡くなってしまった。だから、万が一の時の為に隠しておいた遺言状の在処《ありか》を示し真意を伝えようとしていたんです」

八雲の説明を聞き、晴香も納得がいった。

素直にお互いの気持ちを打ち明けていれば、こんなややこしいことにはならなかったのだろうが、そうできないのが肉親だったりする。

だから、遺産相続などは揉《も》めに揉めるのだ。

「冗談じゃない。結局は、全部静子の為じゃないか。おれのことなんて、認めてなかったんだ……」

苦い顔で言う健三の目から、涙が零《こぼ》れ落ちた。

そもそも、健三が家を出たのは、父親に自分の存在を認めてもらえなかったからだ。

静子を解放する為に、酒蔵を健三に——というのでは、到底納得できないだろう。

「それは勘違いです」

八雲がきっぱりと言った。

「お前に何が分かる」

健三は、挑むような視線を八雲に向ける。

「先代にとっては、あなたも、静子さんも、我が子なんです。静子さんだけでなく、あなたのことも大切に想っていました」

「だったら、どうしておれのことを見なかったんだ」

「ちゃんと見ていましたよ。先代が、何の根拠もなく、あなたに酒蔵を継がせるつもりだったと思いますか？」

「え？」

「先代は、度々、あなたの修業先に顔を出していたんですよ」

「そんな……」

「酒造業界だって、横のつながりがあります。あなたの修業先と、先代は旧知の仲だったんです。あなたの意図を汲《く》み、敢《あ》えて声をかけずに見守っていたんです」

「何でお前にそんなことが分かる？」

健三が、怒りに震えた声で言った。

「先代に聞いたんです。今、そこに先代の幽霊がいます。あなたにも見えるでしょ？」

八雲が、すうっと絵の掛けてあった場所を指差した。

薄《うっす》らとではあるが、そこに黒い影が見えたような気がした。おそらく、健三にも見えたのだろう。健三は、突っ伏すようにして、大声で泣いた。

異母兄妹《きょうだい》の健三と静子。

複雑な家庭環境のせいで、様々な行き違いはあったが、先代の真意を知ることができたのだ。これからのことは、二人で、じっくり話し合っていけばいい。

晴香は、改めて畳の上に置かれた絵に目を向けた。

赤い双眸《そうぼう》が、どこか優しい光を宿しているように見えた——。

12

「ねえ。あの絵って、八雲君の先祖だったのかな？」

晴香は、車に戻ったところで、八雲に訊ねた。

絵に描かれていた両眼の赤い男は、憑《つ》きもの落としをしていたという。最初にあの絵を見たときは、否《いや》が応でも、あの男——八雲の父親のことが頭に浮かんだ。

だが、話を聞く限り、あの絵の人物は、他人の為にその能力を活《い》かしていたような気がする。

今の八雲と同じように——。

「さあね。詳しいことは分からない。ただ——」

八雲がふっと雨の降りしきる窓の外に目を向けた。

「ただ、何？」

「もしあの人物の両眼が赤くて、幽霊を見ることができたのだとしたら、今のぼくなんかより、ずっと生き難《にく》かったはずだ」

「うん……」

八雲の言う通りだ。

今、八雲は黒い色のコンタクトレンズで隠しているが、江戸の時代にはそんなものはない。

差別意識も、現代とは比較にならないほど強かったはずだ。

白い着物の男は、奇異の視線に晒《さら》され、気味悪がられ、大変な思いをしながら生きなければならなかったはずだ。

「それでも、あの人物は憑きもの落としを生業《なりわい》とした——」

「そうだね」

「そこには、相当な覚悟があったはずだ。いや、もしかしたら……」

そこまで言って、八雲は言葉を濁した。

「何？」

晴香が訊ねてみたが、八雲は「何でもない」とはぐらかすだけで、何も言おうとはしなかった。

八雲が何を考えているのかは分からない。

ただ、こうしてあの絵に出会えたことに、奇妙な縁を感じずにはいられなかった。

「とにかく、事件は片付きました。さっさと帰りましょう」

八雲が、シートに凭《もた》れながら言うと、運転席の後藤と、助手席の一心が同時に振り返った。

「残念ながら、帰れそうにない」

一心が、珍しく困った顔で言った。

「帰れない？」

八雲が、左の眉《まゆ》をぐいっと吊《つ》り上げながら問う。

「中央道で土砂崩れがあって、通行止めだ」

後藤が、ため息交じりに言った。

「どこか宿を探して、一泊するしかなさそうだ」

一心がそう続ける。

事態を察した八雲が、長いため息を吐いた──。

第二章

亡霊の影

FILE: 02

1

ワイパーがひっきりなしに動いている。

だが、拭《ぬぐ》ったそばから大粒の雨が降ってきて、フロントガラスを濡《ぬ》らす。水の中にいるのではないかと錯覚するほどだ。

車の屋根を叩《たた》く凄《すさ》まじい雨音が、苛立《いらだ》ちを募らせる。

後藤は、車のエンジンをかけたものの、あまりの豪雨に駐車場から出ることすらできずにいた。

「こりゃ酷《ひど》いな」

フロントガラスの向こうを睨《にら》み付けながらぼやく。

「文句を言っている暇があったら、どうにかして下さい」

そう口にしたのは、後部座席に座る八雲だった。

シートにもたれかかり、寝グセだらけの髪をガリガリと掻《か》き回しながら、緊張感のない大あくびをする。

「どうにかしろって言われてもな……」

正直、後藤にはお手上げだ。

さっきラジオで、土砂崩れの為に、中央自動車道が通行止めになったと言っていた。

今いる山梨から、東京までは百三十キロといったところだ。

一般道で帰れない距離ではないが、この大雨の中での移動となると、通常の倍はかかるだろうし、何より険しい峠道だ。下手に動けば、事態を悪化させることになりかねない。

「まったく。図体《ずうたい》がデカいだけで、役に立たない熊ですね」

八雲が、小バカにしたように言う。

「役立たずで悪かったな。だいたい、こうなったのは、お前の責任だろうが」

後藤は、車内に響く大声を上げた。

だが、八雲は何食わぬ顔。代わりに、隣に座っていた晴香の肩が、ビクッと跳ねる。驚かせてしまったらしい。

晴香には申し訳ないと思うが、後藤としては文句を言わずにはいられない。そもそも、こうやって雨の中、立ち往生することになったのは、八雲のせいなのだ。

それに、漫画に出てくるヒーローじゃあるまいし、土砂崩れを止める手立てなど、あるはずがない。

にもかかわらず、あたかも後藤が全て悪いかのような言い様。腹が立たない方がおかしい。

「言っておきますけど、原因を作ったのは、ぼくではありませんから」

八雲は、冷ややかな視線を助手席にいる一心に向ける。

一心の年齢は、後藤とたいして変わらないのだが、法衣《ほうえ》を纏《まと》っていることと、弥勒菩《みろくぼ》薩《さつ》のような達観した表情と立ち居振る舞いから、老成した印象がある。

面倒見がよく、困っている人がいると放っておけない性質《たち》だ。

今回も、檀家《だんか》の伝《つて》を頼った山梨の酒蔵が、そこで起きた心霊現象の解決を依頼してきたため、断ることができずに、八雲に協力を求めたというのが、ことの発端である。

だが、後藤を足に使おうと考えたのは、他ならない八雲だ。

「無関係のおれを巻き込んだのは、お前だろうが！」

後藤は、後部座席を振り返り、凄《すご》んでみせたが、そんな脅しで八雲が怯《ひる》むはずがない。

「よく、そんな主張ができますね」

「あん？」

「これまで、無関係の大学生を、散々事件に巻き込んだのは、どこのどなたでしたっけ？」

——そこを突かれると痛い。

これまで、八雲の能力を頼って様々な事件を持ち込み、協力させてきた。

最近では晴香が持ち込む比率が高くなっているが、後藤が八雲を事件に巻き込んだ事実は変わらない。

「ああ、そうですね。おれが悪かったです」

「分かればよろしい」

鷹揚《おうよう》に言う八雲を、ぶん殴ってやろうかと思ったが、それを遮るように一心が声を上げた。

「五キロほど先に、ビジネスホテルがあります。部屋があるか、訊《き》いてみましょう」

一心が携帯電話の画面を見ながら提案してきた。

ずいぶんと大人しいと思ったら、ネットを使って近くのホテルを検索していたらしい。

「釜無川《かまなしがわ》沿いにある、リバーサイド・富士というホテルですよね？」

晴香も、同じように携帯電話を見ながら口にする。

どうやら、検索した結果、一心と同じホテルを見つけていたようだ。

ここで四の五の言っていても始まらない。

「取り敢《あ》えず、行ってみるか——」

後藤は、一心から住所を聞き、カーナビに入力してから、車をスタートさせた。

2

晴香は車を降りるなり、激しい雨に打たれた。

車内にいたときから、強い雨だということは分かっていたが、実際、外に出てみると想像以上で、すぐに髪がびしょ濡れになる。

「わあっ」

声を上げながら、ダッシュでホテルのエントランスに駆け込む。

数メートルの短い距離だったにもかかわらず、髪だけでなく、ブラウスもびっしょり濡れ、水たまりを踏んだせいで、靴の中もぐしゃぐしゃだ。

「もう」

髪やブラウスの水滴を払ったものの、濡れた感覚は拭えなかった。

後藤と一心もずぶ濡れだったが、そんなことは、あまり気にした様子もなく、真っ直ぐフロントに歩いて行く。

隣を見ると、八雲が犬みたいに頭を振って髪についた水を飛ばしていた。

寝グセだらけの髪がトレードマークの八雲だが、今は髪がぺたんとしていて、いつもと印象が違う。

——これはこれで、ありかもしれない。

「何をじろじろ見てるんだ？」

八雲が、ぐいっと左の眉《まゆ》を吊《つ》り上げながら言う。

「べ、別に見てないし……」

晴香は、慌てて視線を逸《そ》らした。

心の内側を見られたような気がして、何だか顔が熱くなった。

「かなり古いホテルのようだな……」

八雲は、晴香のことなど、すでに興味をなくしたかのように、ホテルのエントランスをぐるりと見回している。

「そう？」

懐疑的な返答をしながらも、改めて見てみると確かに古い。

白い壁に、赤褐色の絨毯《じゅうたん》が敷かれていたが、八雲が指摘した通り、かなり年季が入っている。

「それに、妙に暗い」

八雲が視線を上げながら言う。

言われてみれば、そうかもしれない。天井は二階まで吹き抜けになっていて、本来なら、開放感のある設計のはずだが、どこか薄暗く、じっとりとした印象がある。

ただ、そうした印象を抱くのは、叩き付けるような大雨も影響しているのだろう。

晴香は古さより、従業員の少なさの方が気になった。フロントには、後藤たちと話している若い男性の従業員が一人いるだけで、他にそれらしき人の姿は見えない。

エントランスは、閑散としていて、寂れている印象がある。

「あれは……」

八雲が、フロントに目を向けながら呟《つぶや》く。

——何かあったのかな？

晴香が視線をやると、後藤と一心がフロントの従業員と、何かを話し込んでいるようだった。

部屋が見つからなかったのだろうか？

やがて、後藤と一心がこちらに向かって歩いて来た。

「部屋はありました？」

晴香は後藤と一心に訊《たず》ねながらも、何となく返答の察しがついた。

二人揃って、何とも難しい顔をしている。

「あることはあったんだが、ツインの部屋が一部屋だけしか空いていないらしいんだ」

一心が、困ったという風に、坊主頭を撫《な》で回す。

「一部屋……ですか」

「まあ、男だけなら雑魚寝《ざこね》しちまえばいいんだが、そういうわけにもいかねぇだろ」

後藤が言いながら、ちらりと晴香に視線を向ける。

——そういうことか。

本音を言えば、四人が同じ部屋というのは気乗りしない。

一心や後藤を警戒しているわけではないが、女性として、あまり見られたくないものもある。

ただ、こういう状況だ。贅沢《ぜいたく》を言っていられないのも事実だ。車中泊をするくらいなら、雑魚寝の方がマシだ。

これだけ濡《ぬ》れてしまったし、シャワーくらいは浴びたい。

「同室でもいいですよ」

晴香が口にすると、一心と後藤が、顔を見合わせた。

しばらく、沈黙していたが、やがて後藤が口許《くちもと》にニヤリと笑みを浮かべてみせた。

「晴香ちゃんは良くても、何か起きたら困るだろ」

「大丈夫ですよ。後藤さんも、一心さんも、変なことする人じゃないですから」

「まあ、おれたちはそうだが、こいつはどうか分からねぇぞ」

後藤は含みを持たせた言い方をしながら、八雲を流し目で見る。

その視線を感じた八雲は、ピクッと眉をひくつかせたあと、盛大にため息を吐いた。

「まさか、ぼくが何かすると思っているんじゃないでしょうね？」

八雲が後藤を横目で見ながら問う。

「そのまさかだよ」

後藤が、普段の仕返しとばかりに、挑発的に答える。

「ぼくにも選ぶ権利はあります。間違っても、トラブルメーカーに手を出したりしませんよ」

八雲が、呆《あき》れたように言う。

後藤に対する反論のつもりなのだろうが、晴香としては大いに傷つく。

——どうせ、私はトラブルメーカーですよ！　っていうか、こっちにだって選ぶ権利があるんだから！

内心で罵詈《ばり》雑言《ぞうごん》を並べていると、フロントに立っていた若い従業員が、こちらに駆け寄って来た。

近くで見ると、いかにも頼りなさそうな顔立ちをしていた。

ネームプレートには、「大堀《おおほり》」と書かれていて、その上に研修中——という文字も見えた。

研修中であれば、頼りなく見えてしまうのも仕方のないことだ。

それにしても、研修中の人間を、一人でフロントに立たせるとは——人手不足は、想像しているよりはるかに深刻なのかもしれない。

「あの……」

大堀が、おずおずという調子で声をかけてきた。

「何だ？」

後藤が問うと、大堀は一瞬、たじろいだ様子を見せたが、すぐに咳払《せきばら》いをしてから話を始める。

「大変申し訳ありません。改めて確認しましたら、シングルの部屋が一つ空いていまして……もし良ければ、そちらを手配させて頂きます」

「それは良かった」

一心が安堵《あんど》の声を漏らす。

「ラッキーだな。これで一件落着だ」

後藤が賛同の声を上げる。

晴香も、ほっと胸を撫で下ろした。

ただ、どういうわけか、八雲だけは複雑な表情を浮かべている。

「どうしたの?」

晴香が問うと、八雲は水飛沫《みずしぶき》を飛ばしながら髪を掻《か》いたあと、「少し引っかかる」と呟くように言った。

「何が引っかかるの?」

「それが説明できるなら、はっきりそう言っている」

――まあ、そりゃそうだ。

「そんなに引っかかるなら、晴香ちゃんと同室にしてやってもいいぞ」

後藤がここぞとばかりにニヤリと笑う。

「誰が、そんなことを求めました?」

八雲が後藤を睨《にら》み付ける。

「ずいぶんとムキになるじゃねぇか」

「別になってませんよ」

「素直になれよ」

「ひねくれ者みたいに言わないで下さい。女なら、誰でもいいってほど飢えていませんよ」

「もういいから」

晴香は、思わず割って入った。

八雲からしてみれば、後藤の冷やかしに反論しているだけなのだろうが、そのことで凹《へこ》むのは、誰あろう晴香だ。

これ以上、不毛なやり取りに付き合わされるのは、うんざりだ。

宿泊の手続きをして、鍵《かぎ》を受け取ってからエレベーターに乗り込むことになった。

鍵は、カードキーのようなものではなく、部屋番号の書かれたプレートが付けられた、古いシリンダータイプのものだった。

八雲たちは、三階の301号室。晴香は、一つ上の四階の404号室だった。

三階で一度エレベーターの扉が開き、八雲、一心、後藤の三人が降りて行く。

「ゆっくり休んで下さい」

一心が、柔和な笑みを浮かべながら手を振った。

晴香は「はい」と大きく頷《うなず》いてから、エレベーターの〈閉〉のボタンを押す。

扉が閉まる寸前、八雲が急にエレベーターの中に腕を突っ込んできた。扉は、ガタンッと音を立てたあとに、再び開く。

「どうしたの？」

晴香が訊ねると、八雲が深刻な顔で見返してきた。

「部屋に入ったら、一応、ベッドの下やクローゼットの奥、それから、バスルームの戸棚。あとは額縁なんかがあれば、その裏を確認しておけ」

「どうして？」

わざわざ、そんなことをする必要はないように思える。

「念の為だ」

「だから、どうして確認する必要があるの？」

「もし、お札のようなものが貼ってあったら、すぐに連絡しろ」

「お、お札？」

「ホテルなんかだと、幽霊が出る部屋には、そうした見えないところに、お札が貼ってあるんだ」

「え？」

——それってどういう意味？

改めて問い質《ただ》そうとしたのだが、晴香が口にする前に、エレベーターの扉が閉まってしまった。

ウィンチの巻き上がる音を聞き、ようやく晴香はことの重大さを認識した。

さっきの八雲の発言は、このホテルに幽霊が出る可能性を示唆しているのと同じだ。

もしかすると、エントランスで、八雲はすでに何かを見ていたということも考えられる。

だとしたら——。

考えを巡らせている間に、エレベーターは四階に到着して扉が開いた。

真っ直ぐに延びる廊下が異様に長く感じられた。雨が降っているせいだということは分かっているが、仄暗《ほのぐら》い感じが不気味だ。

気にすることはない。そう自分に言い聞かせてみたものの、エレベーターから一歩が踏み出せない。

もし、一人でいるときに、幽霊に出会《でくわ》したら、悲鳴を上げるどころでは済まないなどと思っていると、扉が閉まりかけた。

晴香は、慌てて扉の隙間に身体を入れ、エレベーターから降りた。

扉の閉まったエレベーターが、下降していく。

別に、無理に出る必要もなかった。乗ったまま三階に行き、八雲に頼んで部屋のチェックだけでも一緒にやってもらった方が、安心だったかもしれない。

だが、そんなことをすれば、後藤が妙な気を遣って、二人きりにされてしまうかもしれない。

それはそれで、いいのかも——いや、そんなことは断じてない。

八雲が嫌とかじゃなくて、心の準備ができていない。いや、それだと、心構えがあればOKということになってしまう。

晴香は気持ちを切り替えて、404号室に向かった。

部屋に着いたら、一応、室内を確認して、八雲の言うようにお札のようなものがあったら、すぐに連絡をすればいいだけだ。

自分に言い聞かせて、部屋のドアの前に立った。

──やっぱり怖い。

どうして、八雲はギリギリのタイミングで、あんなことを言ったのだろう。こんなことなら、何も言われない方が、安心して眠れたかもしれない。

いや、考えていても仕方ない。

晴香は、覚悟を決めて鍵穴に鍵を差し込んだ。

3

部屋に入った後藤は、ふうっと長い息を吐いた──。

ベッドが二台とソファーが置かれただけの簡素な部屋だが、何とか一息吐くことができた。

それにしても──長い一日になった。

まさか、山梨まで足を運び、一泊する羽目になるとは、思いもよらなかった。それも、全部八雲のせいだ。

文句を山ほど言ってやりたいが、口にすれば、数百倍の嫌みが返ってくるだけだ。それに、不満を口にしたところで、状況が変わるわけでもない。

それより──。

「大丈夫なのか?」

早速、ソファーに腰掛けている八雲に訊《たず》ねる。

「何がです？」

八雲は、あからさまに怪訝《けげん》な表情だ。

「晴香ちゃんのことだよ」

「あいつが、どうしたんです？」

「お前、幽霊が出る——みたいなことを言っていただろ」

後藤が問い詰めると、八雲は「あれか——」と気のない返事を寄越した。

「別に、幽霊が出るなんて言ってませんよ」

「言ってただろ」

「いいえ。ただ、ちょっと引っかかることがあるから、念の為に確認するように促しただけです」

言われてみれば、その通りだ。八雲は、幽霊が出るなどと、ひと言も言っていない。ただ——。

「何が引っかかるんだ？」

「ですから、それが分かれば、ちゃんと説明しますよ。さっきも言いましたが、あくまで念の為——です」

「あんな言い方したら、晴香ちゃん怖がっちまうだろ」

「あの程度で、怖がったりしませんよ」

八雲は、肩を竦《すく》めるようにして言った。

確かにそうかもしれない。晴香はこれまで、様々な事件を八雲と一緒に解決してきた。

それこそ、嫌というほど心霊現象を体験しているだろうし、そんじょそこらの刑事より凄惨《せいさん》な犯行現場を目にしている。

仮に幽霊が出たとしても、怖がりはするだろうが、パニックになったりせず、冷静に対処することができるだろう。

最初は、泣いてばかりの弱々しい女の子だと思っていたが、人は強くなるものだ。

「まあ、そうだな」

「後藤さんは、他人の心配をするより、自分のことを心配した方がいいですよ」

「あん？」

「幽霊が出るのは、この部屋かもしれない——と言っているんです」

「なっ、何？」

後藤は、慌てて部屋の中を動き回り、ベッドの下や、クローゼットの中を確認してみる。そんな後藤を見て、一心が「騒々しい男だな」と文句を言う。

この部屋に、幽霊がいるかもしれないのだ。騒々しくもなる。

「ごちゃごちゃ言ってる暇があったら、あんたも手伝え」

後藤が詰め寄ると、一心は「その必要はありません」と平然とした顔で答える。

「どうして必要がないんだ？」

「この部屋に、幽霊はいませんよ。そうだろ、八雲――」

一心が話を振ると、八雲はおどけたように、両手を広げてみせた。

その様子を見て、後藤もようやく合点がいった。

もし、この部屋に幽霊がいるのだとしたら、わざわざお札を確認するまでもなく、八雲の左眼に映るはずだ。

そんな単純なことにも気づかなかったとは、何より後藤が怖がっている証拠なのかもしれない。

「まったく……」

ぼやきながら、ベッドにどかっと腰を下ろしたところで、コンコンと部屋のドアをノックする音がした。

一心が、「はいはい」と応じながら移動して、ドアを開けた。

さっきフロントにいた大堀という従業員が、折りたたんだマットレスやシーツ類を持って立っていた。

「ベッドのご用意をさせて頂こうと思いまして」

大堀が、畏《かしこ》まった調子で言う。

「ああ。お願いします」

一心が、大堀を部屋の中に招き入れる。

「すみません。ソファーを使わせて頂くのですが、構いませんか？」

大堀に言われ、八雲がすっと立ち上がり、場所を空けた。

一度、マットレスやシーツをベッドの上に置いたあと、大堀はソファーで作業を始めた。どうやら、このソファーがベッドになり、本来ツインの部屋に、三人分の寝床を確保するということのようだ。

「他に従業員の方は、いらっしゃらないんですか？」

八雲が、作業をしている大堀に声をかけた。

こういうときの八雲は、普段のぶっきらぼうな言い回しと違い、やけに愛想がいい。

「今は私一人です」

大堀が苦笑いとともに返事をする。

本当は色々と不満をぶちまけたいが、客の手前引っ込めたといった感じだ。

「いつもお一人なんですか？」

八雲が、さらに質問を続ける。

「いつもではありません。でも、今日は色々とあって出払ってしまっておりまして、私一人なんです……」

「部屋は埋まっているんですよね？　もう少し、人手がないと、大変ではありませんか？」

「改装工事中で、ほとんどの部屋が使用できないんです。事前予約では、二組ほどでしたし、大丈夫だろうということだったんですが……」

大堀が、一旦《いったん》手を止めてまた苦笑いを浮かべた。

使用できる部屋が限られているので、大丈夫だろうと研修中の大堀一人に任せていたが、急遽《きゅうきょ》後藤たちが来たということのようだ。

「状況が状況ですから、これから応援に来ると言ってましたので、お客様にご迷惑をおかけすることはないかと思います」

大堀は、汗だくになりながらベッドの設置を終えると「失礼しました——」と、部屋を出て行こうとする。

それを、八雲が呼び止めた。

「何でしょう?」

大堀が、ドアノブに手をかけたまま振り返る。

「失礼ですが、大堀さんはお子さんがいらっしゃいますか?」

急に投げかけられた質問に、大堀がきょとんとした顔をする。

「いえ。まだ独身ですし……」

「そうでしたか。失礼しました」

「では——」

出て行こうとする大堀を、八雲が再び呼び止めた。

「もう一つ。このホテルで、幽霊が出るという噂を聞いたことはありませんか?」

「幽霊——ですか」

大堀は、急に浴びせられた質問に、目を白黒させている。まあ、いきなりこんな質問をされれば、誰でもそうなる。

八雲は大堀の目を真っ直ぐ見たまま、じっと返答を待っている。

困惑の表情を浮かべていた大堀だったが、やがて「一度もそういう噂は聞いたことがありません」と応じた。

「分かりました。妙なことを訊《き》いてしまってすみません」

八雲が丁寧に頭を下げると、大堀は「お気になさらず——」と部屋を出て行った。

「おい、八雲。何でそんなに幽霊にこだわるんだ？」

ドアが閉まるのを待ってから、後藤は八雲に声をかけた。

引っかかると言っていたが、今の大堀に対する質問の仕方は、確信に満ちているように思える。

「引っかかりの正体が分かりましたよ」

八雲が、前髪を掻《か》き上げるようにしながら言った。

「何だ？」

後藤が問うと、八雲は眉間《みけん》にすうっと人差し指を当てた。

「このホテルに入ったとき、フロントの奥に入って行く人影を見たんです」

八雲が静かに言った。

「それがどうした？」

別に、何も不思議なことはない。

フロントの奥には確かカーテンのかけられた出入口が見えた。おそらく、事務室にでもなっているのだろう。

従業員であれば、事務室に出入りするのは、当たり前のことだ。

「気づきませんか？」

「は？」

「さっき、大堀さんは、私一人なんです——と言ったんです」

八雲が何を言わんとしているのかを理解した瞬間、ぞわぞわっと背筋に寒いものが走った。

今になって考えれば、フロントで大堀と話をしていたとき、誰かが奥に入って行く姿など見ていない。

つまり、その人物は、八雲にだけ見えていたということだ。

それは幽霊に他ならない。

4

「あれ？」

晴香は思わず声を上げた。

鍵穴《かぎあな》に鍵を差し、ロックを外すまでは良かった。だが、肝心のドアがどうにも開かない。

押しても引いても、ドアが動かない。

フロント係に来てもらおうか――そう考えつつ、最後のあがきとして、体重をかけてドアを肩で押してみた。

ごすっ――という音とともに、ドアが開いた。

どうやら、建て付けが悪いらしい。こんな状態では、部屋への出入りもままならない。あとでフロントに電話して見てもらおう。

――良かった。

ほっとしつつ、部屋に入った晴香は、思わず足を止めた。

部屋の中が、異様に暗かった。ドアから離れるほどに、その暗さは際立ち、奥には墨で塗り潰《つぶ》したような闇ができている。

「何この部屋……」

尻込《しりご》みした晴香だったが、すぐにその原因を見つけた。部屋の奥にある窓の遮光カーテンがぴったりと閉じられているのだ。

普通、ホテルにチェックインするときは、遮光カーテンは開いているものだが、誰かがそのままにしてしまったのだろう。

晴香は、ドアから手を離して部屋の奥まで移動する。

途中、バタンという音とともに、部屋の中が完全な闇に包まれる。

手探りで遮光カーテンを摑《つか》み、そのまま一気に引き開けた。

雨のせいで、明るいとまではいかないが、部屋の様子を見渡せるくらいにはなった。

先に、電気のスイッチを入れておけば、こんなに手間取る必要もなかった。

自分の手際の悪さに辟易《へきえき》しつつ、晴香はバスルームに足を運んだ。まずは、濡《ぬ》れた髪を拭《ぬぐ》わなければ、風邪をひいてしまう。

一人暮らし用のマンションと同様のユニットバスになっている。

長い間、使用されていないのか、洗面台にも、トイレの蓋《ふた》にも、薄《うっす》らと埃《ほこり》がかぶっていた。

まあ、贅沢《ぜいたく》は言っていられない。

「タオル、タオル……」

探してみたが、見つからない。部屋の方にあるのだろうか？

晴香は、ユニットバスを出て部屋の中を見回してみる。

ベッドがあり、サイドボードがあり、その上にはテレビと内線電話が載っていた。タオルはどこを探しても、見つからなかった。

──参ったな。

フロントに連絡してみようと、晴香はサイドボードの上にある内線電話の受話器を手に取った。

普通は、ツーッという音がするはずなのに、何も聞こえない。

一応、電話機に書いてある内線番号を押してみたが、繋《つな》がるどころか、ボタンをプッシュする音すらしなかった。

完全に壊れているらしい。

部屋を出て、直接フロントに行くしかないな。ドアに向かいかけた晴香だったが、ここでふと八雲の言っていた言葉が脳裏を過《よ》ぎった。

——もし、お札のようなものが貼ってあったら、すぐに連絡しろ。

部屋に幽霊が出る場合は、そうしたお札のようなものが貼ってあるとも言っていた。

別に確認するのは、フロントに行ってからでも構わない。にもかかわらず、一度気になり出すと、どうにも頭を離れなくなった。

——いや、今はタオルが先だ。

そう言い聞かせて、ドアノブに手をかけたところで、ふと背中に誰かの視線を感じた。

振り返ってはいけない。

そう思いながらも、まるで何かに引き寄せられるように、ゆっくりと首が動く。

誰もいなかった。

雨が窓を叩《たた》く音が響いているだけだ。

どうやら、神経が過敏になっていたようだ。再び、ドアに向かおうとした晴香だったが、なぜか視線がベッドの下にある影に吸い寄せられた。

そこに、何かあるわけではない。

そう思おうとしているのに、どうにも気になってしまった。

そんな風に感じてしまうのは全て八雲のせいだ。お札の話などするから、気になってしまうのだ。

こんな状態では、おちおち部屋にいることもできない。

ベッドの下を確認して、お札が貼られていなければ、それで安心できる。

晴香は、意を決してベッドに歩み寄り、膝《ひざ》を落として屈《かが》み込むようにしながら、ベッドの下を覗《のぞ》き込んだ——。

5

「ちょっと出て来ます」

大堀が出て行ったあと、しばらく何かを考えるようにしていた八雲だったが、唐突にそう言ってドアに向かった。

「どこに行くんだ？」

後藤が声をかけると、八雲が足を止めて振り返る。

いつもと変わらず気怠《けだる》げで、何を考えているのか分からない。

「気になるので、少し調べてみるだけです」

「晴香ちゃんの部屋か？」

「どうしてそうなるんです？　ぼくが、幽霊を見たのはフロントですよ。あいつの部屋は関係ない」

「そうか……」

確かに、フロントで幽霊を見たのだとしたら、晴香の部屋は関係ない。

「待て。おれも行く」

後藤は、膝を打ってから立ち上がった。

八雲が気になると言っているときは、必ずと言っていいほど何か起きる。放っておくのも居心地が悪い。

「私も行こう」

一心も、賛同の声とともに腰を上げた。

「人数が増えたからといって、どうなるものでもありませんよ」

八雲が、苛立《いらだ》たしげに寝グセだらけの髪を、ガリガリと掻《か》き回す。

表情を見ていれば分かる。八雲は、柄にもなく少し照れているらしい。

「刑事が協力してやろうって言うんだ。ありがたく思え」

後藤が胸を張ると、八雲はふっと噴き出すように笑った。

「後藤さんは刑事だったんですか？」

——何を今さら。

る。


「何だと思ってたんだ？」

「声がデカいだけが取り柄の熊——です」

「あんだと！」

人がせっかく協力してやろうというのに、それを全部ぶち壊しにするような発言をする。

「そうかっかしてはいけません。八雲の性格は知っているでしょう」

一心に窘《たしな》められ、爆発しかけた怒りをどうにか腹の底に沈めた。

確かに、一心の言う通りだ。八雲は、ひねくれ者で、気難しいことこの上ない男だ。いちいち腹を立てていたら、こっちの身が保《も》たない。

「とにかく、行こうじゃないか」

一心の呼びかけで、全員が一度部屋の外に出た。

廊下に出たところで、後藤は天井を見上げる。幽霊の話を聞いたあとだからか、やけに暗く感じる。

「それで、まずは何から始めるんだ？」

後藤が訊《たず》ねると、八雲は「そうですね——」と考えるように顎先《あごさき》に手をやる。

「本当であれば、色々と聞き込みをしたいところですが、今、従業員は大堀さんしかいません」

「だったら、そいつに訊《き》けばいいだろ」

「後藤さんは、それでも刑事ですか？」

「何？」

ぶん殴ってやろうかと思ったが、それを察したのか、一心が後藤と八雲の間に割って入った。

「彼には、もう話を聞きました。これ以上、何かを問い質《ただ》したところで、研修中であれば、そう多くは知らないでしょう」

一心の説明に、八雲が「正解」と大きく頷《うなず》く。

言われてみれば、大堀のネームプレートの上には、研修中の文字が書かれていた。

それが分かっていたから、八雲は、さっき大堀が来たときに、深く追及しなかったというわけだ。

八雲の凄《すご》いところは、幽霊が見えるというだけではなく、こうした洞察力も備えていることだ。だからこそ、これまで数々の事件を解決に導くことができた。

状況は分かったが、問題はこれからどうするかだ。

「大堀に聞けないんだとしたら、誰に話を聞くんだ？」

後藤が訊ねると、八雲は呆《あき》れた――という風に首を左右に振る。

「貴重な税金が、こんな役立たずの給料になっているかと思うと、泣けてきます」

「この野郎！　言わせておけば！」

拳《こぶし》を振り上げたものの、またまた一心に押し止《とど》められた。

「まあ、落ち着きなさい。すぐに興奮するから、脳が退化するんですよ」

八雲も強烈だが、一心も柔らかい口調で手厳しいことを言う。まあ、さすがは叔父《おじ》といったところか——。

「余計なお世話だ。そう言うからには、何か考えがあるんだろうな？」

ずいっと一心に詰め寄ってみたが、彼は柔和な笑みを崩そうとはしなかった。

「このホテルに来る途中、コンビニがありましたね」

一心が言う。

確かに、五十メートルほど手前に、コンビニが一軒だけあった。

「まさか、コンビニで買い物でもするつもりか？」

「ホテルに話を聞ける人がいないなら、そこで訊いてみるのはどうでしょう」

——そういうことか。

このホテルに幽霊が出るということは、過去に誰か死んでいるということだ。コンビニの従業員は、近所の住人だろうから、そこで話を聞けば情報が集められるというわけだ。

納得はしたが、諸手《もろて》を挙げて賛同してしまうのは、どうにも癪《しゃく》に障る。

「まあ、一応当たってみるか」

後藤が苦い顔で言うと、一心が大きく頷いてみせた。

つまらぬ意地を張った了見の狭さを見透かされているようで、どうにも居心地が悪いが、これ以上何かを言えば、余計にボロが出る。

「さっさと行こうぜ――」

後藤は、足早にエレベーターに向かう。

一心はあとについて来たが、八雲は廊下に留《とど》まったままだった。その視線は、どこか虚《うつ》ろで、目は開いているが、何も見ていないようだった。

「どうした？　行かないのか？」

後藤が呼びかけると、八雲がゆっくりと顔を向けた。

「ええ。そっちは任せます」

「お前はどうすんだ？」

「幽霊がどこに行ったのか――それを捜してみます」

――なるほど。

八雲が見たという幽霊がどこに行ったのかは、八雲にしか確かめられないことだ。

「分かった」

後藤は、そう言うと、一心と一緒にエレベーターに乗り込んだ。

6

晴香は、恐る恐るベッドの下を覗《のぞ》き込んだ――。

そこには、血塗《ちまみ》れで、青白い顔をした人が横たわっているわけもなく、ただ影ができていただけだった。

見られていると思ったのは、やはりただの錯覚だったようだ。

それに、お札が貼ってあることもなかった。

――これで安心できる。

立ち上がろうとした晴香だったが、ベッドの下に、何かが落ちているのを見つけた。ベッドの脚の裏側。ちょうど死角になっているあたりだ。

それは、赤い靴だった。

といっても、人間が履くサイズのものではない。一センチほどの大きさで、おそらく人形のものだろう。

晴香は、手を伸ばしてその靴を拾い上げた。

――どうして、こんな物が落ちているんだろう？

誰かが、この部屋に忘れてしまったのかもしれない。これだけ小さなものだ。掃除の段階で気づかなかったということは、充分に考えられる。

何にしても、ひとまずはタオルだ。

髪は、だいぶ乾いているが、雨に濡《ぬ》れたので、一度シャワーを浴びてすっきりしたい。フロントにタオルの件を言うついでに、この落とし物も届けよう。

晴香が人形の靴をポケットに仕舞い、ドアに向かおうとしたところで、「ねぇ」と誰かに呼びかけられた。

慌てて振り返る。

だが、人の姿などあるはずがない。

やっぱり、神経が過敏になってしまっている。気持ちを切り替えなければ――。

改めてドアに向かおうとした晴香の視界の隅に、人の顔が映った。

「ひゃっ！」

声を上げながら、飛び退く。

壁に背中をぶつけた拍子に、テレビがガタガタと揺れる。

――今のは何？

パニックに陥りそうになるのを必死に堪《こら》え、部屋の中を見回す。

すると――。

さっき見えた人の顔の正体が分かった。

ベッドの枕元に、額に入った一枚の絵が飾られていた。一人の女性が海辺に佇《たたず》み、物憂げな目をこちらに向けている。

バストアップで描かれたその絵は、構図がダ・ヴィンチの名画「モナリザ」とよく似ていた。

油絵で写実的なタッチで描かれているせいで、やけに生々しく感じられる。

正体が分かったことで、ほっとしたものの、再び八雲の言葉が脳裏を過《よ》ぎった。八雲は、額の裏も確認するように言っていた。

こうして見ると、ベッドの頭の上に額なんて、あまりに不自然な気がした。

――まさかね。

晴香は、そう思いながらも、ベッドの上に乗り、額を取り外すと、ひっくり返してみる。

――良かった。

額の裏に、お札は無かった。

これで、本当に安心できる。額を戻そうとしたところで、ふと気がついた。

額の掛かっていた壁に、拳大の穴が空いていた。

どうやら、ここに絵を飾ったのは、穴を隠す為のようだ。

もしかして、この穴は隣の部屋に繋《つな》がっていたりするのだろうか？

晴香は、穴に顔を近づけた。

暗い――。

穴の向こうから、明かりが漏れている様子もない。

ただ、やはり穴が空いているのは、誰かに見られているような気がして気味が悪い。

額を戻すだけでは、何だか落ち着かないので、フロントに相談してみよう。すぐに壁の穴を埋めることはできないだろうが、目張りくらいはしてもらえるだろう。

顔を離そうとしたとき――。

目が合った。

穴の向こうに、突如として目が現れ、晴香をじっと見据えていたのだ。

白くぎょろっとした大きな目。

その割に、黒目が小さく、細い血管が浮き出て充血していた。

晴香は、声を出すこともできず、そのまま仰《の》け反るように後方に倒れ込んだ。

上手《うま》く呼吸ができない。

晴香はどうにか身体を起こし、改めて壁の穴に目を向ける。

黒い穴がぽっかりと空いているだけで、そこにさっき見た目はなかった。

──きっと見間違いだ。そうに違いない。

自分に強く言い聞かせると、急いで額を元の場所に戻して穴をふさいだ。

絵の女が、晴香を見ている。

視線がぶつかったような気がした。

穴の中にあった目──が、再び脳裏に浮かぶ。

あれは、本当に見間違いだったのだろうか？　確かに、穴の中から、こちらを見る目があったような気がする。

あの額をどけて穴を見ればはっきりする。

だが、もう一度、穴を覗き込むことなど、できるはずがない。

──とにかく、この部屋から出よう。

晴香は、ベッドから下りてドアに向かおうとしたが、恐怖からか足に力が入らず、その場にへたり込んでしまう。

顔を向けると、まだ絵の女がこちらを見ていた。

絵だから当然なのだが、今の晴香には、そんな風に割り切って考えることができなかった。

──逃げなきゃ。

晴香は、壁に手を突きながら、何とか立ち上がりドアに向かう。

ドアノブに手をかけ、ドアを引き開けようとしたが、どういうわけか、ビクともしない。

「何で？」

晴香は、必死にドアを引っ張る。

だが、ドアは開かない。

──嘘でしょ。

ドアノブをがちゃがちゃと回しながら、一度部屋を振り返った。

その途端、ガタッ──と音がして額がベッドの上に落ちた。

穴が──。

壁に空いた穴が露《あら》わになる。

そして。

その穴から——。

目が——。

あのぎょろりとした目が、晴香の姿を捜すように、右に左にと動いている。

見間違いではなかった。

そう実感すると同時に、晴香は堪《たま》らず近くにあったユニットバスの扉を開けて中に飛び込んだ。

手が震えた。

いや、手だけではない。全身が絶え間なく震えて、自分でも制御できなくなっている。

乱れる呼吸を必死に落ち着け、この先のことを考える。

ユニットバスの中にいれば、あの目に見つかることはない。だが、いつまでも、ここに閉じ籠《こ》もっているわけにはいかない。

——そうだ。八雲君。

八雲に連絡を取り、助けを求めればいい。急いで携帯電話を探したが、見つからなかった。

携帯電話は、サイドボードの上に置きっ放しになっている。

取りに戻ることも考えたが、すぐに自分の中で却下した。サイドボードの携帯電話を取りに行くということは、あの穴の中の目に晒《さら》されるということだ。

はっきり言って、そんな勇気はない。

──どうすればいいの？

晴香は、途方に暮れ、自分の肩を抱くようにして、ぺたんとその場に座り込んでしまった。

ゴボッ──。

急に聞こえた音に、晴香は飛び上がるようにして顔を上げた。

「今度は何？」

ゴボッ。

ゴボゴボッ。

まるで、咳《せき》でもしているかのような音だ。

その音が、配水管から聞こえてきているのだと理解するまでに、ずいぶんと時間がかかった。

単に配水管の調子が悪くて、こういう音を出しているのか、あるいは心霊現象によって引き起こされているのか──晴香には判断がつかなかった。

ただ、ユニットバスも、安全な場所ではないのかもしれない。

怖い──。

だが、その恐怖から逃れる為には、もう一度ドアを開けて、この部屋から逃げ出すしかない。

何とか気力を振り絞って立ち上がり、ユニットバスを出ようとした晴香だったが、磨《す》りガラスの向こうに、黒い影が立っているのが見えた。薄く広がりがある影で、男か女かも分からないが、確かに人の形をしていた。

「嘘……」

——来ないで！

晴香は、心の内で念じたが、それを嘲笑《あざわら》うかのように、影はすうっと近づいてくる。

——拙《まず》い。

晴香は、ユニットバスの扉を内側から押さえつけた。

幽霊を相手に、それがどれほど効果があるのか分からないが、他に何も思いつかなかった。

——お願い！　入って来ないで！

晴香は、もはや目を開けていることすらできず、固く瞼《まぶた》を閉ざしたまま、何度も内心で繰り返す。

どれくらい時間が経ったのだろう——。

ふっと目の前の影が消える気配があった。

正直、怖かった。目を開けて、まだ影がそこに立っていたら、正気でいられる自信がない。

だが、いつまでもこうしていたからといって、何か解決するわけでもない。

——きっと大丈夫。

晴香は、自分に言い聞かせながら、ゆっくりと瞼に込めた力を緩めていく。

薄《うっす》らとではあるが、視界が開けてきた。

影は——なかった。

磨りガラスの向こうにいたはずの影は、跡形もなく消えていた。

はあっと晴香は、安堵《あんど》のため息を漏らす。

だが、問題はこの先だ。すでにユニットバスを出る勇気は完全に失われていた。

「どうしよう……」

項垂《うなだ》れたところで、バチバチッと嫌な音がして、ユニットバスの明かりが明滅した。

「もう止めてよ……」

晴香は、半泣きの状態で、天井に設置してあるライトに目を向けた。

まるでそれが合図であったかのように、黄色い光を放っていたライトが、明滅を繰り返したあと、ふっと消えた——。

ユニットバスが、真っ暗になる。

——何なのこれ？

単に接触が悪いだけだ。そうに違いない。

晴香は、息を吞んでからライトに手を伸ばした。

と、そのとき、鏡に自分の姿が映った。

見てはいけない。分かっていたはずなのに、見てしまった。

鏡の中に映っていたのは、自分だけではなかった。

薄らと笑みを浮かべる人影が映っていた。

「いやぁぁ！」

晴香は、完全にパニックに陥り、喉《のど》が裂けんばかりの悲鳴を上げた――。

7

「それにしても、酷《ひど》い雨だな……」

後藤は、ホテルのエントランスから、降りしきる雨を見上げながら呟《つぶや》いた。

まるでバケツをひっくり返したような大雨だ。

「まったくですね」

隣に立つ一心が、同じように雨を見つめながらうんうんと頷《うなず》く。

「これじゃ、せっかく山梨に来たってのに、富士山も見れねぇ」

「別に、観光に来たわけじゃありません。富士山が逃げるわけじゃなし、またの機会でいいじゃないですか」

「まあ、そりゃそうだ」

後藤は、ため息交じりに答えた。

一心の言うように、何も観光をしに山梨に来たわけじゃない。それに、明日《あした》になれば、この大雨も止んでいるかもしれない。

今は、さっさと八雲が見た幽霊の正体を突き止める方が先決だ。

「じゃあ、行くとしますか」

五十メートルほど先にある、コンビニエンスストアに目を向けながら言った。

「この雨の中、傘も差さずに行くんですか?」

一心が問いかけてくる。

視界が霞《かす》むほどの大雨だ。本当であれば、傘を差して行きたいところだが、あいにく持ち合わせがない。

「ダッシュで行けばいいだろ」

「そんなことせずとも……」

一心が、何か言いかけていたが、後藤はそれを無視して外に飛び出した。

すぐにびしょ濡《ぬ》れになったが、そんなことを気にして立ち止まったところで、余計に濡れるだけだ。

後藤は、川のようになった道路を突っ切り、コンビニの軒下に駆け込んだ。

ふうっと息を吐いたものの、髪から水が滴り落ちるほど濡れてしまった。おまけに、靴下までぐちゃぐちゃだ。

「なんて雨だ……」

後藤が、ジャケットの雨粒を払いながら来た道を振り返る。

てっきり、一心もすぐあとについて来ていると思っていたが、その姿が見当たらない。雨のせいで、はっきりと見えないが、まだホテルの中で、外に出ることを躊躇《ためら》っているのだろう。

——まったく。

後藤は、内心でぼやきながら、煙草に火を点《つ》けた。

そのうち、諦《あきら》めて来るだろう。仮に、来なかったとしたら、自分一人で聞き込みをすればいいだけだ。

などと考えていると、一心がこちらに向かって歩いて来るのが見えた。

この大雨の中、後藤とは対照的に、のんびりとした歩調で歩いている。それもそのはず、一心の手には傘が握られていた。

「傘があるなら、どうして最初に言わない」

後藤は、一心の到着を待って抗議の声を上げた。

いい年をしたおっさん二人、相合い傘で歩くのは、どうにも気が進まないが、びしょ濡れになるよりマシだ。

「言いました」

一心は、コンビニの軒下に入り、傘を畳みながら言う。

「おれは聞いてない」

「フロントで、傘を借りようと言ったのに、一人で突っ走って行ってしまったんです」

「ぬっ」

今になって考えれば、ホテルを出るとき、一心が何か言っていたが、それをろくに聞かずに走り出したのは確かだ。

「後先考えずに突っ走るのではなく、少しは立ち止まって頭を使った方がいいですよ」

「うるせぇ。この程度の雨で、傘なんかいらねぇよ」

「さすが、野生の熊は逞《たくま》しい」

「誰が熊だ！」

「そんなことより、早く話を聞きに行きましょう」

一心は、憤慨する後藤などお構いなしに、コンビニの中に入って行く。

腹は立つが、一心の言う通り、さっさと用件を済ませた方がいい。後藤は、コンビニの前にあった灰皿に吸い差しの煙草を放り込むと、一心のあとに続いてコンビニの中に足を踏み入れた。

「いらっしゃいませ」

五十代と思《おぼ》しき中年の女性が、感情のない声で出迎える。

コンビニのマニュアルには、挨拶《あいさつ》の時に感情を込めてはいけない――という注意書きがあるのではないかと思える程だ。

「すまないが、少し話を聞かせて欲しいんだが……」

後藤は、店員の女性に歩み寄る。

「はい？」

女性は、困惑した顔で答えながら、わずかに後退《あとずさ》った。

ずぶ濡れの男が、いきなり詰め寄って来たのだ。そういう反応になるのも頷ける。

「実は、こういう者だ」

後藤は警察手帳を提示する。

「警察？　本物ですか？」

女性の声は、より一層、警戒心に満ちたものになった。おまけに、カウンターの下にある緊急通報のボタンに手をかける始末だ。

「もちろん本物だ」

「どこの署の人ですか？　何か事件があったんですか？」

女性が、次々と質問を浴びせてくる。

もの凄《すご》く疑われている。そんなに、自分は刑事に見えないのだろうか？

「いや、だから……」

「こう見えて、この男は、本物の警察官ですよ」

助け船を出したのは、一心だった。

「見た目は、この通り熊のような強面《こわもて》ですが、本当はウサギのように寂しがり屋で、気の小さい男なんですよ」

一心が親しげに、後藤の肩をぽんぽん叩《たた》いた。

——誰が寂しがり屋なウサギだ！

文句を言いそうになったが、ぐっと堪《こら》えた。

ここで余計なことを口にすれば、さらに警戒心を煽《あお》ることになる。

一心が柔和な笑みを浮かべて見せると、それに釣られるように、女性の顔からも険しさが消えていった。

「変な取り合わせですね」

女性が、後藤と一心を交互に見ながら言った。

確かに刑事と僧侶《そうりょ》が並んで立っているというのは、なかなか珍しい状況かもしれない。

「私もそう思います。実は、少しお聞きしたいことがあるんです——」

一心が丁寧な口調で言う。

「何ですか？」

「実は——私どもは、あのホテルに宿泊しているんです」

一心は、そう言ってホテルを指差した。

「はい」

「さっきもお話しした通り、この男はとにかく臆病《おくびょう》で、ホテルで幽霊を見た——なんて騒ぎ出したんです。私は、心配する必要はないと言ったんですが、何しろ根が臆病なもので、はっきりするまで、納得できないと言い出す始末でしてね」

一心が、やれやれといった感じで後藤に目を向ける。

──ふざけるな！

幽霊が出ると言い出したのは、断じて後藤ではない。八雲だ。それに、幽霊が出たくらいでごねるほど臆病でもない。

言いたいことは山ほどあるが、話がこじれそうなので、黙っていることにした。

「幽霊が出るという噂があるか──などと、ホテルの人に訊《き》くのも失礼ですから、買い物のついでに、近隣の方に伺ってみようということになったんです」

一心が丁寧な口調で、そう続ける。

全部、後藤のせいであるかのような内容は頂けないが、さすがというか、何というか、上手《うま》いこと話を作るものだと感心してしまう。

「あのホテルで幽霊を見たというのは、本当ですか？」

女性が怪訝《けげん》な表情を浮かべながら、後藤に訊《たず》ねてきた。

実際、後藤は幽霊など見ていないのだが、詳細な事情を説明するのは面倒だし、一心の話と齟齬《そご》も出る。

後藤は「見た」と端的に答えた。

「それって、小さな女の子の幽霊じゃなかったですか？」

女性が声を低くしながら言う。

そう言えば、どんな幽霊だったか、八雲に訊いておくのを忘れた。だが、この反応からして、話を合わせた方が良さそうだ。

「そうだ」

「やっぱり……」

女性が口許《くちもと》に手を当てる。

「何か知っているのか？」

「私が、言ったなんて他で言わないで下さいよ」

「分かってる」

後藤が頷《うなず》いて答えると、女性はちらりと雨の向こうにあるホテルに目を向けてから、説明を始めた――。

8

「いやぁぁ！」

晴香は、喉《のど》が裂けんばかりの悲鳴を上げた――。

膝《ひざ》に力が入らず、がくがくと震えながら、その場に座り込んでしまった。

両手で顔を覆い、固く目を閉じた。

だが、そんなことをしたところで、見たものが消えるわけではない。

晴香の網膜には、鏡に映った影が浮かぶ。

狭いユニットバスだ。自分以外には、誰もいないことは間違いない。にもかかわらず、鏡に目を向けると、自分の背後に立つ人影が見えた。

黒い影なので、その顔をはっきり見ることはできない。それなのに、影が、晴香に薄い笑みを浮かべているような気がした。

しばらくじっとしていた晴香だったが、何かが首筋に触れた——。

ビクッと身体を震わせながら立ち上がる。

反射的だった為に、見ないように意識していた鏡に目がいってしまった。

だが——。

そこに映るのは、恐怖に引き攣《つ》った自分の顔だけで、さっき見たはずの影は、綺麗《きれい》さっぱり消えていた。

——見間違いだったの？

いや、そんなはずはない。確かに、鏡の中に影が映っていた。

もしも、あれが幽霊だとしたら、未《いま》だにユニットバスの中にいるかもしれない。そう思うと、恐怖の波が押し寄せてきた。

——早く、ここから出よう。

ユニットバスの扉に手をかけた瞬間、ドンッと鈍い音が響き、わずかに部屋が揺れた。

晴香は、はっとなり動きを止める。

パニックになっていたせいで、完全に失念していたが、どうして自分がユニットバスにいるのかを思い出した。

部屋の壁に穴が空いていて、そこから何者かが晴香を覗《のぞ》き見ていたのだ。

その目から逃れる為に、このユニットバスに避難した。ここから出れば、またあの不気味な目に見据えられるかもしれないと思うと、恐怖で身体が動かなかった。

かといって、ユニットバスに居続けることもできない。

部屋から出ようにも、ドアは押しても引いても、ビクともしない。助けを呼ぼうにも、携帯電話はベッド脇のサイドボードの上だ。

――どうすればいいの？

晴香は、再び座り込み、両手で顔を覆った。

「八雲君……」

溢《あふ》れそうになる涙を堪えながら、その名を口にした。

それと同時に、八雲が常々口にしている言葉を思い出した。

死者の魂は、妖怪《ようかい》でも、新種の生き物でもなく、死んだ人の想いの塊のようなものだ――。

死者の魂が見える赤い左眼を持つ八雲は、その理論を基に、彷徨《さまよ》っている幽霊の想いを汲《く》み取り、これまで様々な事件を解決に導いてきた。

ユニットバスに、いつまでも座り込んでいても、何も解決しない。

八雲の理論に従って、幽霊が彷徨っている理由を見つけられれば、この状況を打破することができるかもしれない。

晴香は、意を決して顔から手をどけると、ゆっくりと立ち上がり、鏡と向かい合った。

怖くないと言ったら嘘になる。

膝はまだ震えているし、呼吸も乱れている。

それでも、今の自分にできることは他にない。ただ、この場に留《とど》まって、助けが来ることを願っているだけでは、何も解決しないのだ。

「ねぇ。そこにいるの？」

晴香は、鏡に向かって呼びかけた。

反応は何もない。

「あなたは誰なの？　どうして、彷徨っているの？」

晴香は、続けて呼びかけた。

静寂が流れる。

八雲と違って、晴香は幽霊が見えるわけではない。たまに見えることもあるが、それは、さっきの目や影のように、とても不安定で、断片的なものだ。

はっきりと、その意思を感じられるかは、かなり怪しい。だが、それでも他に方法が思いつかない。

晴香は、ゴクリと喉を鳴らして唾《つば》を飲み込み、呼吸を整えてから、改めて鏡に目を向ける。

恐怖に引き攣った自分に向かって、力強く頷いて見せる。

「ねぇ。どうして彷徨っているの？　教えて？」

晴香の呼びかけに答えるように、さっきまで消えていたユニットバスのライトが、チカチカッと明滅した。

そして——。

薄暗がりの中、鏡に映る晴香の背後に、黒い影がぼうっと浮かび上がった——。

9

「いい年したおっさんが、相合い傘とは、気色悪いですね——」

後藤が一心とホテルのエントランスに戻ると、八雲に小バカにしたような薄笑いで出迎えられた。

「好きでやってるわけじゃねぇよ」

傘が一本しかなかったので、仕方なく相合い傘になっただけだ。

「好きでやってるように見えますけど」

八雲が、ニヤッと笑みを浮かべてロビーにあるソファーに腰掛けた。

「んなわけねぇだろ」

「どうだか」

色々と言いたいことはあるが、反論するほどにどつぼに嵌《は》まりそうだ。後藤は、怒りを呑《の》み込んで八雲の向かいのソファーに座った。一心も、隣に腰を下ろす。

「それで——何か分かりましたか？」

八雲が、問いかけてくる。

「その前に、お前の方はどうだったんだ？」

後藤は質問を返した。

八雲は、幽霊の行方を捜すと言っていた。こちらの得た情報を話す前に、八雲の話を聞く方が先だ。

「どうとは？」

「幽霊を捜してたんだろ。見つかったのか？」

「いいえ」

八雲は、首を左右に振った。

「何だよ。偉そうなことを言っておきながら、成果なしかよ」

後藤が吐き捨てるように言うと、八雲が露骨にむっとした顔をした。

「偉そうに言ったつもりはありませんし、幽霊は見つからなくても、それなりに成果はありましたよ」

後藤には、それがどうにも強がっているだけのように聞こえた。

「どんな成果だ？」

「色々ですよ」

「だから、その色々を訊《き》いてるんだろうが」

後藤が詰め寄ると、八雲はやれやれという風に、苦笑いを浮かべてから話を始めた。

「ぼくが見た幽霊は、フロントの奥に入って行ったと言いましたよね？」

「ああ」

確か、そんなような話だった。

「幽霊がフロントの奥に行ったということは、そこに何かあるかもしれない。そう思って、調べていたんです」

――なるほど。

「あの大堀って従業員に、入れてもらったってわけか」

「いいえ」

「勝手に入ったのか？」

「ええ。あの人は、幽霊の話は知りませんでしたから、許可を取っていたら、面倒なことになりそうだったので……」

おそらく、大堀がフロントを離れた隙に、潜り込んだということなのだろう。

チラッとフロントに視線を向ける。今は大堀の姿が見えない。

「あんまり無茶するな。見つかったら、どうするつもりだ？」

勝手にフロントの奥に入り込んだりしたら、それこそ警察に通報されてしまうかもしれない。

「その辺は、ちゃんと手を打っておきましたよ」

「手を打った？」

後藤が聞き返すと、八雲は視線を階段の方に向けた。

ちょうど、従業員の大堀が、階段を下りてこちらに向かって歩いて来るところだった。

手には電球を一つ持っている。

「すみませんでした。取り替えておきましたので、問題ないと思います——」

大堀が、八雲に丁寧に頭を下げる。

「ありがとうございます」

笑顔で返す八雲を見て、何をしたのか大凡《おおよそ》察しが付いた。

おそらく、部屋の電気をわざと切って、フロントの大堀に電球の交換を依頼したのだろう。そうすれば、自由にフロントの奥に出入りすることができる。

「あっ、一ついいですか？」

立ち去ろうとした大堀を、八雲が呼び止めた。

「何でしょう？」

「今日の出勤って、本当に大堀さんだけなんですか？」

「あっ、はい。そうですが、何か……」

「いえ。大変だなぁと思って」

「お気遣い、ありがとうございます——」

大堀は、営業スマイルを浮かべたあとに、フロントに戻って行った。

「何か引っかかるのか？」

大堀が離れるのを待ってから、八雲に訊《たず》ねてみた。

「さっき、フロントの奥に行ったときに、妙なものを見つけました」

八雲が目を細める。

「妙なもの？」

「靴です」

「靴？」

「ええ。女性ものと思われる、赤い靴が片方だけ——」

八雲は訳知り顔でそう言った。

確かに、片方だけの靴というのは不自然だが、誰かが部屋に忘れていったものを、フロントで保管していたのかもしれない。

もしくは、他の従業員が、靴を置き忘れていったという可能性もある。

「その靴は何か関係があるのか？」

「知りません」

八雲が自信たっぷりに言う。

「知らないって……いい加減な野郎だ」

「後藤さんのような自堕落な熊に言われたくありません」

「熊、熊、うるせぇんだよ！」

「熊を熊と呼んで、何が悪いんですか？」

――この野郎！

もう我慢の限界だ。一発、ぶん殴ってやる。

拳《こぶし》を振り上げた後藤だったが、すぐさま、一心がその腕を摑《つか》んで「まあまあ」と宥《なだ》めにかかった。

腹の虫が治まらないが、八雲を殴ろうものなら、あとでネチネチと仕返しをされることは、火を見るより明らかだ。

舌打ちをしつつ、何とか怒りを鎮めた。

「それで――そちらは何か分かったんですか？」

さっきのやり取りなど、存在しなかったかのように、八雲が訊ねてくる。

「このホテルに幽霊が出るとか、そういった話は、特にないらしい」

「そうですか……」

後藤が言うと、八雲が、わずかに落胆した顔をした。

「ただ、一年ほど前に、このホテルで少しばかり事件があったって話だ」

「事件？」

「そうだ。このホテルに、ある女性と、四歳になる娘が宿泊していた」

「それで――」

「母親が、娘を部屋に残して買い物に出ている間に、事件が起きた――」

後藤は一旦《いったん》話を止め、八雲の表情を窺《うかが》った。

「もったいつけずに、さっさと話して下さい」

身も蓋《ふた》もない言い方だが、少しばかり思わせぶりに話し過ぎたかもしれない。後藤は、咳払《せきばら》いをしてから続ける。

「一人、部屋に残っていた娘が、窓から転落した――」

口にしながら、後藤は胸にぎゅっと締め付けられるような痛みを感じた。

日々、様々な事件に直面していて、人が死ぬ悲惨さには慣れているつもりだが、子どもの死というのは、何回経験しても胸にもやもやとした不快さを残す。

「それは、事件というより事故ではないのですか?」

しばらくの沈黙のあと、八雲がぽつりと言った。

「私もそう思ったんだが、話を聞く限りでは、少しばかり妙なんだ」

八雲の問いに答えたのは一心だった。

「何が妙なんです?」

「転落した窓は、女の子の身長では、届かない位置にあったらしいんだ」

「それなのに転落した――と?」

「そうだ。何でも、発見した人の話では、窓の下に、椅子が置かれていたらしい」

「ホテルの部屋にあった椅子ですか?」

「うむ。状況から見ると、女の子は、自分で椅子を運び、それに上って、窓から転落したことになる――」

「どうして、そんな詳細な状況まで分かったんですか？」

八雲が、そこを疑問に思うのはもっともだ。だが、それについては簡単に説明できる。

「おれたちが話を聞きに行った、コンビニの店員の旦那《だんな》が、当時、このホテルで働いていたらしい」

「なるほど……ぼくが見たのは……」

八雲が腕組みをしながら、独り言のように言う。

その声は小さ過ぎて、何を言っているのか、はっきりと聞き取ることができなかった。

「何だって？　はっきり言え」

後藤が口にすると、八雲が嫌そうに表情を歪《ゆが》めた。

「そんなに騒がなくても、ちゃんと説明しますよ」

八雲は、やれやれという風に首を左右に振ったあと、すっと鋭い眼光を後藤に向けてから、話を続ける。

「ぼくがフロントで見た幽霊は、四歳くらいの女の子でした――」

「じゃあ……」

「確証があるわけではありませんが、一年前に亡くなった女の子とみて、間違いないと思います」

「問題は、その女の子が、なぜこのホテルを彷徨《さまよ》っているか——だな」

一心が坊主頭を撫《な》でながら口にする。

確かに、そこが一番重要なポイントになってくる。

八雲の理論に当て嵌《は》めれば、幽霊は報われない想いがあるからこそ現世を彷徨う。つまり、その少女の幽霊には、現世を彷徨う理由があるということだ。

地元の警察は、事故として処理したようだが、後藤は別の考えを持っていた。

「後藤さん。何か、思うところがありそうですね」

八雲が、後藤の心中を察したらしく、声をかけてきた。

「あくまで、おれの勘に過ぎないが——」

後藤は、そう前置きをしてから、話を続ける。

「その女の子は、事故で死んだのではなく、殺されたんじゃないかと思っている」

「それは、穏やかではありませんね。何か、根拠があるんですか？」

八雲が疑惑に満ちた目を向けてくる。

「さっきも言っただろ。ただの勘だ」

「後藤さんも、一応は警察官ですよね。何の根拠もない勘だけで、適当なことを言うほど、愚か者ではないでしょ」

「一応ってのが余計だよ」

「文句はいいので、さっさと話して下さい」

八雲が、ぐいっと左の眉《まゆ》を吊《つ》り上げながら言う。

――まったく。かわいげのない野郎だ。

「窓の下に椅子が移動してあったってのが、どうも引っかかる」

「まあ、それはそうですね」

「もっと年齢が上であれば、自殺という線もないわけじゃないが、いったい何の目的があって四歳の女の子が、わざわざ窓の下に椅子を移動させたのか――」

「上って遊んでいたんじゃないか？　奈緒も、よくそんな遊びをしているぞ。椅子に上って、飛び降りるんだ」

一心が口を挟んだ。

後藤には、子どもがいないので分からないが、一心が実体験から言うのであれば、そういうこともあるのだろう。

だが、それでも後藤の中にある引っかかりが拭《ぬぐ》えたわけではない。

「仮にそういう遊びをしていたとしても、窓の外に飛んだりしないだろう」

子どもは、危険察知能力が著しく低い。何かに夢中になると、周囲が見えなくなる傾向はある。

それにしても、椅子に上って窓の外に飛び降りるという遊びをしたとは考え難《にく》い。

一心も、「まあ、そうですね……」と応じる。

「後藤さんは、何があったと考えているんですか？」

八雲が訊《たず》ねてきた。

その視線は、まるで後藤を試しているようだ。

「おれは、その女の子は、何者かによって窓から突き落とされたんじゃないかと思っている」

「突き落とされた……」

「ああ。その人物は、女の子を窓から落としたあと、窓際に椅子を置き、事故に見せかけたんだ」

「後藤さんにしては、面白い推理だと思いますが、やはり根拠が脆弱《ぜいじゃく》ですね」

八雲が言った。

「根拠が弱いことくらい、おれも分かっている。だがな、単に事故で死んだだけなら、その女の子が、このホテルを彷徨い続けている理由がないだろ」

自分が殺され、そのことに恨みを持っているのだとしたら、未《いま》だにホテルを彷徨い続けている理由として充分だ。

「一応、後藤さんの推理も視野に入れておきましょう。それより、その女の子が転落した場所は分かりますか？」

八雲が立ち上がりながら訊ねてきた。

「ああ。さっき、訊《き》いてきた」

「案内して下さい」

「任せとけ」

後藤は、返事とともに立ち上がり、先導するように歩き出した。八雲と一心が、すぐあとからついてくる。

エントランスの自動扉を抜けたところで足を止めた。

相変わらず、大粒の雨がもの凄《すご》い勢いで降っている。

後藤たちのいる場所は、屋根がついていて雨に直接打たれることはなかったが、それでも、風に煽《あお》られた雨粒のせいで、水飛沫《みずしぶき》を浴びているようだ。

「あの辺りに倒れていたらしい――」

後藤は、エントランスから十メートルほど先を指差した。

「何階から転落したんですか？」

八雲が訊ねてくる。

「四階だったそうだ」

後藤は、答えながらやりきれない気分になった。

高さは十五メートルほどだろう。下に植え込みでもあれば、クッションになったかもしれないが、地面はコンクリートだ。

転落したら、ひとたまりもないだろう。

「待って下さい。あいつの部屋は、何号室でしたか？」

八雲が眉間《みけん》に皺《しわ》を寄せ、険しい表情を浮かべる。

どこかに電話を始めた。

「確か――404だった」

後藤が口にするなり、八雲が携帯電話を取り出し、どこかに電話を始めた。

それを見て、後藤もはっとなった。

女の子が転落した部屋というのは、まさに今、晴香が宿泊している部屋だ。外から見る限り、部屋に電気が点《つ》いていない。

雨天でこれだけ薄暗いというのに、電気を点けないのは不自然だ。

八雲が舌打ちとともに携帯電話を切った。

「どうだった？」

「出ません」

言い終わったあと、八雲がギリッと奥歯を噛《か》み締めた。

「行くぞ！」

後藤は、言い終わると同時に駆け出した。

10

晴香は、恐怖を押し殺し、鏡の中に映る影にじっと目を向ける。

顔は判然としないが、体付きや髪型からして、幼い女の子であろうことは分かった。

――なぜ、こんな小さい子どもが彷徨っているの？

その疑問が浮かぶのと同時に、胸にチクリと刺すような痛みが走った。

何があったのか晴香には分からないが、幽霊となってここに現れているということは、この女の子はすでに死んでいるということだ。

どうして、この女の子は死ななければならなかったのか——。

それを思うと、さっきまで全身を覆っていた恐怖が、すうっと消え去っていくような気がした。

この女の子は、深い哀しみを抱えているのかもしれない。

晴香には、八雲のように死者の想いを汲《く》み取ることはできない。だが、それでも、少しでもこの子の想いを感じ取り、何とかしてやりたい。

「お願い。どうしてあなたがここにいるのか、教えて——」

晴香は鏡の向こうにいる影に向かって呼びかけた。

女の子は何も答えない。

実際は、何か言っているのかもしれないが、晴香には、それを聞き取ることができない。

こういうとき、本当に八雲が羨《うらや》ましいと思う。

もし、自分に八雲のような力があったなら、鏡の中の影に応《こた》えてあげることができるのに——。

「ごめんね。ちゃんと聞いてあげられなくて……」

晴香は、思わず口にした。

目にじわっと涙が浮かんだ。怖さからではない。哀しさ、悔しさ、情けなさが入り混じって胸がいっぱいになった。

そんな晴香を憐《あわ》れに思ったのか、鏡の中の女の子が何かを言った気がした。

「ねぇ。どうすれば、あなたの未練を断ち切ってあげられるの？」

晴香は、鏡にすがりつくようにして女の子に呼びかける。

返事はなかった。

だが、代わりに、その女の子は、すうっと晴香の背後を指差した。

その指先に導かれるように振り返る。

そこには、ユニットバスの白い壁があるだけだった。

この壁に何かあるのだろうか？　指で触れながら、壁を調べてみたが、これといって変わったことは何もない。

「どういうこと？」

再び、鏡に向き直り訊ねる。

女の子は、それでも尚、晴香の背後を指差したままだ。

——ごめん。何も見えない。

内心でそう呟《つぶや》いた晴香だったが、ふとあることに思い至った。

女の子が指差した先は、ユニットバスの壁だと思っていたが、本当はそうではなくて、壁の向こうにある部屋を示していたのかもしれない。

「部屋に何かあるの？」

晴香の問いに、鏡の中の影が小さく頷《うなず》いた。

――やっぱりそうだ。

慌てていて、ろくに部屋の中を見ていなかったが、あそこに、女の子が彷徨《さまよ》っている理由があるのかもしれない。

晴香は、ユニットバスの扉に手をかけた。

その瞬間――脳裏を目が過《よ》ぎった。

壁の穴から、じっと晴香を見ていた目――。

部屋に戻れば、再びあの目に見つめられる。そう思ったが、すぐにその考えを振り払った。

きっと、あの目の正体は、鏡の中に映る女の子だ。

――怖がる必要はない。

晴香は、意を決してユニットバスの扉を開けた。

ギッと蝶番《ちょうつがい》が軋《きし》む音がして、扉が開いた。

部屋の中は薄暗く、静まり返っていた。

廊下に出るドアが視界に入った。さっきは、ビクともしなかったが、もう一度チャレンジすれば開くかもしれない。

部屋から逃げ出して、八雲に助けを求める――。

そんな考えが浮かんだが、晴香は頭《かぶり》を振ってそれを打ち消した。

もし、もう一度チャレンジして、ドアが開かなければ、依然としてこの部屋に閉じ込められたままということになる。

もしかしたら、鏡の中の女の子は、逃げようとした晴香に怒りを感じ、余計に酷《ひど》い目に遭わせようとするかもしれない。

何より、彷徨っている女の子を助けてやりたいという想いが勝った。

小さい子どもが、どうして、ホテルの部屋で彷徨っているのか？ 少しでも、その想いを汲んでやりたい。

晴香は、すうっと息を吸い込み、腹に力を込めて部屋に向かった。

ベッドの上に、絵が落ちていた。

そして、その絵が飾ってあったところには、拳大《こぶし》の穴が空いている。

さっきは、その穴から晴香を見つめる目があったが、今はそこに目はない。

ほっと息を吐きつつ、部屋の中を見回して考えを巡らす。あの子は、いったい何を訴えかけようとしているのか？

いくら考えてみても、何も思い浮かばない。

諦《あきら》めかけた晴香だったが、ふっとあることを思い出した。

お札が貼られていないかとベッドの下を探したとき、見つけたものがあった。晴香は、何となくそれを拾い、ポケットの中に仕舞ったのだった。

慌ててポケットの中に手を突っ込み、それを取り出した。

人形のものと思われる、赤い靴だった。

もしかしたら、あの女の子は、この靴を捜して彷徨っていたのかもしれない。

思い出の詰まった、大切な人形の靴が無くなってしまうというのは、女の子にとっては、大問題だっただろう。

これを返せば、あの女の子の幽霊は、成仏できるかもしれない。

ぎゅっと赤い靴を握り締めたところで、背中に視線を感じた。ゆっくりと振り返ると、そこには——。

女の子が立っていた。

鏡の中にいたときは、顔が判然としなかったが、今ははっきりと顔が見える。

丸顔で、くりっとした目をした、かわいらしい女の子だった。

「これ、あなたの物？」

晴香は、持っていた赤い靴を女の子に差し出した。

途端、女の子の顔に、笑みが浮かんだ。

本当に嬉《うれ》しそうなその顔を見て、これまで張り詰めていた緊張の糸が、一瞬で切れたような気がした。

その場に、へたり込みそうになるのを、何とか堪《こら》えた。

が、その安堵《あんど》も束の間だった。

女の子は、再び怖い顔をして、晴香の背後を指差す。

――何？

壁の方を振り返った晴香は、大きく目を剝《む》いた。

壁の穴から、また目が晴香を覗《のぞ》いていた――。

違ったのか？ 女の子が捜していたのは、この靴ではなかったのか？

目が――。

怒りを帯び、充血した目が、晴香を睨《にら》んでいる。

晴香は、もはや平静を保つことができずに、頭を抱えるようにして悲鳴を上げた――。

11

後藤がエレベーターを降りたところで、悲鳴が聞こえた。

一緒にいた八雲、一心と、一瞬だけ顔を見合わせたあと、晴香の部屋である４０４号室まで、全速力で駆け寄った。

「おい！ 晴香ちゃん！ 大丈夫か？」

ドアを叩《たた》きながら、声をかけてみたが反応がない。

嫌な予感が脳裏を過ぎる。

ドアノブを回して、ドアを開けようとしたが、押しても引いても、ビクともしない。

「何やってるんですか。早く開けて下さい」

八雲が急《せ》かしてくる。

普段は冷静な八雲だが、晴香の悲鳴を聞いては、じっとしていられないのだろう。

「分かっている」

後藤は、ドアに力一杯体当たりをする。

ゴンッという鈍い音とともに、ドアが開いた。そのまま、前につんのめりそうになるのを、辛うじて堪えた。

「どいて下さい」

八雲が後藤を押し退けるようにして、部屋の中に入って行く。

晴香の姿は、すぐに見つかった。

部屋の中で尻餅《しりもち》をついた体勢で、ガタガタと震えている。

「大丈夫か？」

八雲が声をかける。

状況が呑《の》み込めていなかった晴香は、やがて安堵の表情を浮かべ、ボロボロと涙を零《こぼ》しながら八雲に抱きついた。

よっぽど怖い思いをしたのだろう。

気持ちは分かるが、何だか見ている方が恥ずかしくなる。

「何があった？」

しばらく、じっとしていた八雲だったが、晴香が落ち着くのを待ってから声をかけた。

晴香は、八雲の言葉に小さく頷くと、ゴシゴシと涙を拭《ぬぐ》い、ゆっくりと立ち上がってから説明を始めた。

まだ、完全に泣き止んでいないせいか、時折、しゃくり上げたりしていたが、それでも、話の概要は伝わった。

どうやら、晴香は、この部屋で心霊現象を体験したということのようだ。

それでも、この状況を何とかしようと、女の子の幽霊が彷徨っている原因を、自分なりに考え、行動したのだから、さすがという他ない。

あとは、八雲に任せればいい。

「八雲、何か分かるか？」

晴香が話し終えるのを待ってから、一心が問いかけた。

八雲は、「待って下さい」と一心を制すると、晴香から離れ、部屋の奥へと歩みを進めて行く。

後藤たちには、何も見えない。だが、八雲は違う。

後藤も、晴香も、一心も、八雲の背中を見つめながらじっと待った。八雲の赤い左眼は、自分たちには分からない何かを導き出してくれるはずだ。

やがて。

「そういうことだったか……」

八雲が呟《つぶや》いた。

「何か分かったのか？」

後藤が勢い込んで訊《たず》ねると、八雲は「少し落ち着いて下さい」とぼやきながら、晴香に向き直った。

「君の推理は、半分は当たっている」

八雲が言うのと同時に、晴香が「え？」と驚きの声を上げる。

「まず、君が見た女の子の幽霊は、一年前に転落死した、マヒロちゃんという女の子だ」

「おれたちが、コンビニで聞いた子か？」

後藤が確認の意味を込めて訊ねると、八雲は大きく頷《うなず》いた。

「マヒロちゃんは一年前、母親が買い物に行っている間、この部屋で人形で遊んでいました。そのとき、運悪く窓が開いていました……」

八雲の声のトーンが、たちまち沈んで行くのが分かった。

その先は、口にせずとも、何となく察しが付いた。

「もしかして、マヒロちゃんは、窓から人形を落としてしまったということか？」

後藤が言うと、八雲は苦い顔で頷いた。

「ええ。高い高いを真似て上に投げたつもりが、窓の外に行ってしまった。人形が、そのまま階下まで落ちれば良かったんですが、窓の下にある庇《ひさし》に引っかかってしまった」

「マヒロちゃんは、それを取ろうとして、転落した——ということか」

後藤が言うと同時に、一心が苦しそうな顔で目を閉じた。晴香も、胸に手を押し当て、何かを堪えているようだった。

後藤自身、息苦しさを感じずにはいられなかった。

きっと、マヒロは、人形を取ろうとしたが、自分の身長では届かなかった。そこで、部屋の中にあった椅子を窓際まで移動させ、そこに乗ったのだ。

そして、バランスを崩して転落してしまった。

不運としか言いようがない。もう少し、年齢が上であれば、その危険性に気づいただろうが、マヒロには分からなかった。

母親も、まさか娘が、ほんの数分出かけていた間に窓際まで椅子を持って行って、その上に乗るなどと考えてはいなかったのだろう。

マヒロの死因は分かったが、そうなると、逆にどうしてマヒロが彷徨《さまよ》っていたのかが、分からない。

後藤がそのことを訊ねると、八雲はすっと目を細めた。

「さっきも言いましたが、こいつの推理は、半分だけ合っていたんです」

八雲が晴香に目を向けた。

「半分って、どういうこと？」

晴香は、答えを求めて八雲を見返す。

「マヒロという女の子が、彷徨っていた理由は、人形の赤い靴を捜していたからだ――

――」

八雲が言うと、晴香は自らが手にしている人形の赤い靴に視線を落とした。

「でも……これを渡そうとしたら目が……」

晴香は、ぎゅっと赤い靴を握り締めながら訴える。

「だから半分だと言ったんだ」

「え？」

「マヒロちゃんが、彷徨っていたのは、人形の靴を捜していたからだ。でも今は別のことを訴えている」

「別のこと？」

「そうだ。ぼくが最初に彼女を見たのは、ホテルのフロントだ。どうして、そんなところにいたのか？」

「どうしてだ？」

後藤は、困惑している晴香に代わって口にする。

「靴ですよ。あれが、ヒントになったんです」

「人形の靴のことか？」

「いいえ。違います。ぼくがフロントの奥で見つけた、片方だけの赤い靴です」

そういえば、そんなことを言っていた。ただ、問題は——。

「それが、どう関係しているんだ？」

「口で説明するより、見てもらった方が早いです。そろそろ、限界でしょうし——」

八雲は、そう言うと部屋を出て行ってしまった。

——いったいどういうことだ？

後藤は、晴香、一心と顔を見合わせてみる。

誰も答えが分かっていないようだ。釈然としないが、こうなったら、八雲について行くしかない。

三人で頷き合ってから、八雲のあとに続いて部屋を出た——。

12

晴香は、後藤、一心に続いて、部屋を出た。

先に廊下に出ていた八雲は、晴香の部屋の隣にあるドアの前に立っている。

「その部屋に、何かあるの？」

晴香は、恐怖を呑み込みながら訊ねた。

今、八雲が立っているのは、壁に空いた穴の向こう側にあたる部屋の前だ。

「ああ。ちなみに、正確にはここは部屋ではない」

「そうなの？」

「リネン室だ」

言われて目を向けると、確かにリネン室との表示があり、スタッフオンリーというプレートも貼られていた。

リネン室は、シーツや枕カバー、タオルなどを保管しておく部屋だ。

さっきまで、隣は客室だと思っていたが、リネン室だったとなると、あの目はいったい何だったのだろう？

「そのリネン室に、何かあるのか？」

訊ねたのは後藤だった。

「ええ。後藤さん。このドアを開けて下さい」

八雲がドアを指差す。

「開けろって言われてもな……勝手に入っていいのか？」

「緊急事態ですから平気です」

そう言う割に、八雲の口調には、全然焦った様子がない。

後藤は、戸惑いながらもドアノブに手をかけ、押したり引いたりしたが、鍵《かぎ》がかかっているらしく、一向に開く気配がない。

「開かねぇぞ」

「バールか何か、持っていませんか？」

「あるわけねぇだろ」

「仕方ありませんね。彼に開けてもらいましょう」

八雲がそう言いながら、視線を階段の方に向けた。

彼とは、いったい誰のことなのか？　疑問に思いながら、八雲が見た方に目を向けると、そこには従業員の大堀が立っていた。

「何をしてらっしゃるんですか？」

大堀が訊ねてくる。その声は、わずかに震えているようだった。

「実は、このドアを開けたいんです。鍵を貸して頂けませんか？」

八雲は、薄い笑みを浮かべながら言う。

「どうして、開ける必要があるんです？」

大堀の疑問はもっともだ。

宿泊客が、リネン室を開けようとする理由など、どこにもない。いくら研修中とはいえ、ここで鍵を貸すようなことはしないだろう。

「理由なら、大堀さんが知っていると思うんですけどね」

八雲が訳知り顔で言うと、大堀の額に、ぶわっと玉のような汗が浮かんだ。

大堀は、間違いなく何かを隠している。

「そこは、シーツやタオルなどが入っているだけです」

必死に狼狽《ろうばい》を隠そうとしているようだったが、声が完全に震えてしまっている。

「本当にそうですか？」

八雲が、大堀を問い詰める。

「本当ですよ」

「つまらない嘘は止めた方がいい」

「何が嘘なんです？」

「最初から、おかしかったんです」

「ですから、何がおかしいんですか？」

「あなたは研修中とはいえ、部屋の空き状況を把握していませんでした。大型のホテルならまだしも、この規模でそれは不自然だと思いませんか？」

確かに、最初は空室は一つしか無いと言われた。

それがしばらくして、やはりもう一部屋空室があると言われ、割り当てられたのが晴香の部屋だった。

「それは、私がうっかりしていただけで……」

「そうですか。では、これについてはどう思いますか？」

八雲は、そう言うなり、どこから持ち出したのか、女性ものと思われる赤い靴の片方を大堀に差し出した。

「こ、これをどこで……」

「フロントの奥にある、従業員控え室です」

「勝手に入ったんですか」

大堀が非難するような口調で言う。

「話を逸らさないで下さい」

八雲が大堀を睨み付ける。

「別に、逸らしたわけじゃ……」

「では、質問に答えて下さい。この靴は、いったい誰のものなんですか？」

「これは、その……早番の人が忘れていっただけで……」

「おや？　おかしいですね。この大雨の中、靴を忘れて帰る人がいるんですか？」

「さっきから、何を言ってるんです？　あなたたちは、いったい何の権限があって、こんなことを……」

「権限ならあるぜ」

口を挟んで来たのは、後藤だった。大堀は、「え？」と驚いた表情を浮かべている。

「この人は、こう見えて現職の警察官なんです」

八雲が説明するなり、大堀は踵《きびす》を返し、「ひゃぁ」と、悲鳴にも似た声を上げながら、脱兎《だっと》の如く駆け出した。

「後藤さん！　確保して下さい！」

八雲が叫ぶのより早く、後藤は大堀のあとを追って走り出していた。

大堀は、階段を駆け下りて逃亡を図ったが、背中に後藤のタックルを受け、階段を転げ落ちた。

そのまま、うつ伏せにされた状態で、後藤に押さえつけられる。

あまりのことに、晴香には、何が起きたのか、さっぱり分からず、ただ啞然《あぜん》とするばかりだった。

「これは、いったいどういうことだ？」

一心も状況が吞《の》み込めないらしく、顎《あご》に手をやりながら首を傾げる。

「説明する前に、後藤さん。その男からリネン室の鍵を回収して下さい」

八雲が指示をする。

後藤は、大堀を組み伏せながら、彼がズボンに付けていた鍵の束を取り外し、「ほらよ」と八雲に投げ渡した。

八雲は、器用にそれを受け取ると、リネン室の鍵を見つけて外し、ドアを開けた。

――いったい、中には何があるというのだろう？

晴香は、八雲の背中越しにリネン室の中を見て、思わずぎょっとなった。

そこには、一人の女性がいた。その女性は、あろうことか、両手足をビニールテープで拘束され、口を粘着テープで塞《ふさ》がれた状態だった。

「つまりは、こういうことだ」

八雲は、全部分かっただろ――といった感じだが、晴香には何が何だかさっぱり分からなかった。

13

晴香は、ホテルのロビーにあるソファーに腰掛け、半ば呆然《ぼうぜん》としていた。

ちょうど、制服警官によって、大堀が連行されていくところだった。リネン室に閉じ込められていた女性は、すでに病院に搬送されている。

ついさっき、大堀の行動については、八雲から説明があった。

リネン室に閉じ込められていた女性は、大堀の交際相手だったらしい。昨晩、大堀が恋人の浮気を疑ったことで、激しい口論になったようだ。

大堀は、恋人のことが信じられず、自分が働いている間に、浮気相手と密会するのではないかという妄想に取り憑《つ》かれた。

そこで、彼女を監禁することを思いついた。

だが、自分のマンションの部屋では、内側から簡単に開けられてしまう。そこで、勤務先まで無理やり連れてきてリネン室に閉じ込めることを思い立った。

このホテルのリネン室は、鍵は外側だけなので、容易に閉じ込めておくことができるというわけだ。

今日、大雨と改装工事が重なり、大堀の単独勤務だったことも、この計画を実行する助けになった。

幸いにして、リネン室の隣は空室になっていたし、大堀は安心していたのだが、この雨で晴香たちが急遽《きゅうきょ》訪れることになった。

最初は、一部屋しか空いていないと言って追い返そうとした大堀だったが、後でそのことが他の従業員にバレるとマズいと思い直し、もう一部屋を用意することにした——というのが、真相のようだ。

工事中の為、使える部屋が限られていたので、404号室を使わざるをえなくなってしまったことも大堀の誤算だった。

それでも応援の従業員が来る前に彼女をリネン室から連れ出し、別の場所に監禁しようとしていたのだが、その前に八雲に見抜かれてしまったというわけだ。

「まったく。散々な目に遭ったぜ」

晴香の向かいに座っている後藤が、外を一瞥《いちべつ》しながらぼやく。

「まあ、そう言わないでください。一番、大変だったのは晴香ちゃんなんですから」

後藤の隣に座る一心が、柔和な笑みを見せた。

「いえ。私は……」

頭《かぶり》を振ってみたものの、正直、部屋に閉じ込められたときは、心底怖かったし、生きて出られないのではないか——とすら思った。

ただ、ドアが開かなかったのは、建て付けが悪かったせいで、ライトが明滅したのも、接触の問題だった。

壁の穴は、一ヶ月ほど前に、酔った客が殴ってできたものだったらしい。

応急処置として、絵画を飾って誤魔化していた。

ところが、リネン室に閉じ込められた女性が、暴れたことで、絵画が落下。口を塞がれて声の出ない女性は助けを求めて、穴から晴香の部屋を覗《のぞ》いていたというわけだ。

こうやって筋道を立てて説明されれば、大したことではないが、あの瞬間は、パニックに陥っていた。

「まあ、何にしても、彼女のお陰だな」

晴香の隣に座っていた八雲が、ゆっくりと立ち上がりながら口にした。

その視線の先には、マヒロという女の子が立っているに違いない。

マヒロが、晴香に訴えようとしていたのは、てっきり人形の赤い靴のことかと思ったが、実際は、隣のリネン室に閉じ込められた女性のことだったようだ。

人形の赤い靴を捜していたマヒロは、赤い靴を履いたまま無理やり連れてこられた女性が閉じ込められるところを見ていて、何とか助けようと、必死にメッセージを送っていたのだ。

晴香は、それを誤って受け止めてしまっていた。

「分かってる。ちゃんと届けるから、先に行ってな――」

八雲が、中腰になりながら、語りかけるように言った。そのあと、視線がすうっと遠くに向けられる。

きっと、マヒロと何かを話したのだろう。

「何て言ってたの？」

「その赤い靴を、届けて欲しいって」

八雲が言った。

晴香は、未《いま》だに手に持ったままの人形の赤い靴に目を向けた。

「そっか……」

マヒロは、もう死んでしまったのだ――今さらのようにその実感が押し寄せてきて、息をするのも苦しく感じられた。

人形を取ろうとして転落死してしまったマヒロ――。

マヒロも哀しかっただろうが、その母親も、深い哀しみを背負っているだろう。部屋に残してきたばかりに、死なせてしまったという後悔と共に。

「あと、母親にありがとう――そう伝えて欲しいそうだ」

八雲が腰を上げた。

マヒロの感謝の言葉は、何としても、彼女の母親に届けなければならない。それが、晴香にできる唯一のことのように思えた。

「もしかして、そのマヒロって子の母親の家に行くつもりか？」

後藤が、眉間《みけん》に皺《しわ》を寄せながら訊《たず》ねてきた。

「もちろん、そのつもりです。何か不満でも?」

八雲が流し目を向ける。

後藤は、「いや」と首を左右に振った。

ふと、外に目を向けると、いつの間にか雨が止んでいた。

第三章

嘆きの人形

FILE:
03

1

「で、どうすんだ？」

後藤は、ホテルのロビーにあるソファーに、ふんぞり返るように座っている八雲に訊ねた。

「どうするとは？」

八雲が、左の眉《まゆ》をぐいっと吊《つ》り上げる。

「だからさ。どうやって、遺族の居場所を見つけるつもりだ？」

そこが、一番の問題だ。

マヒロの母親のところに行くにしても、その場所が分からないことには、動きようがない。

「ふむ。確かに、それは厄介な問題ですね」

一心が、腕組みをしながら応じる。

「そっか……」

八雲の隣に腰掛けていた晴香も、状況が分かったらしく、困ったように眉を下げる。

「ホテルの従業員に訊《き》けばいいでしょ。宿帳とかもあるはずですから」

八雲は、さも当然のように言う。

まあ、確かに過去の宿帳を見れば、住所を割り出すことは簡単だろう。しかし、そう単純に物事は進まない。

「そういうのを、個人情報漏洩《ろうえい》って言うんだよ」

今のご時世、宿泊客の住所を軽々しく教えるようなホテルがあるわけがない。

「後藤さんは刑事なんですから。捜査だと言えばいいでしょ」

「バカ言うな。正式な捜査じゃねぇだろ。それに、ここは管轄外だ。余計なことをすれば、問題になるんだよ」

後藤は、ホテルのロビーをうろついている制服警官にちらりと目を向ける。

ホテルで起きた心霊事件は、単に幽霊が出たというだけでなく、最終的に監禁事件にまで発展してしまった。

被疑者は逮捕されたものの、捜査の為にまだ警察官が残っている。

管轄外の刑事がノコノコ出て行って、宿帳を見せろなどと言えば、面倒なことになるのは分かりきっている。

「つまらない縄張り意識を振り翳《かざ》しているから、いつまで経っても警察はダメなんですよ」

八雲が、はあっとこれみよがしにため息を吐いた。

「おれに言うんじゃねぇ」

後藤だって、おかしいと思うし、改善すべき点だと思う。だが、所轄署の一刑事がどうこう言ったところで、何かが変わるものでもない。

「しかし――住所が分からんとなると、行きようがないな」

一心が、顎《あご》に手をやりながら呟《つぶや》く。

さすが叔父《おじ》というだけあって、こういう仕草が八雲によく似ている。

「まあ、手がないわけじゃありません」

八雲があくびを嚙《か》み殺しながら言った。

「どんな手？」

晴香が訊ねる。

「警察が頼りにならないなら、民間を使うまでだ」

八雲は、そう告げるとポケットから携帯電話を取り出し、どこかに電話をかけた。

「先日はどうも。八雲です――」

電話の相手が出たらしく、八雲が話し始めた。

――いったい誰に電話してるんだ？

後藤は、疑問を抱きながらも、八雲の電話に耳を傾ける。

「実は、真琴《まこと》さんに頼みたいことがあったんです……」

――なるほど。

後藤は、納得して手を打った。

八雲が電話をしているのは、新聞記者である土方《ひじかた》真琴だ。

真琴とは、ある心霊事件をきっかけに知り合った。八雲の特異な体質を知る人物の一人で、これまでも新聞記者という職業を活《い》かし、何度となく協力してもらったことがある。

おそらく、ホテルで転落死したマヒロのことは、新聞の記事になっているだろう。そこから辿《たど》っていけば、母親の居場所が分かるというわけだ。

「お手数ですが、よろしくお願いします――」

八雲が、そう締め括《くく》って電話を切った。

「何とかなりそうか？」

後藤が訊《たず》ねると、八雲が冷ややかな目をした。

「真琴さんは、後藤さんのようにいい加減な人ではありませんから、大丈夫でしょう」

――ひと言余計だ！

頭を引っぱたいてやろうと思ったが、止めておいた。

そんなことをしたら、末代までネチネチと言われそうだ。

「と、いうわけで、明日《あした》まで休むとしましょう」

八雲が、ふわぁっとあくびをして、大きく伸びをしながら立ち上がる。

「休む？」

晴香が首を傾げる。

「真琴さんも暇しているわけじゃない。調べるのに、それなりに時間がかかる。部屋で休んで、明日行動だ。どのみち、中央道も通行止めだし」

八雲は、よほど眠いのか目を擦《こす》りながら言う。

夜もだいぶ更けてきたし、一日に二つも心霊事件を解決したのだから、疲れるのは当然だ。

かくいう後藤も、かなり眠気が押し寄せている。

「部屋で休むって……あの部屋で?」

晴香が、今にも泣き出しそうな顔をした。

「何か不満か?」

八雲が、不思議そうな顔をする。

「不満っていうか、何ていうか……」

晴香は、口ごもって俯《うつむ》いた。

そういう反応になるのも頷《うなず》ける。晴香は、自分の宿泊するはずだった部屋で、心霊現象を体験したのだ。

八雲によって解決されたとはいえ、同じ部屋に戻って寝るのは、いい気分ではないだろう。

「嫌なら、ここで寝ればいい」

八雲がロビーにあるソファーを指差す。

いかにも八雲らしい態度だが、いつまでもそんな風に冷たくしていると、そのうち晴香に愛想を尽かされそうだ。

思いはしたが、口には出さなかった。余計なことを言えば、数百倍になって跳ね返ってくる。

とはいえ、困った問題だ。

晴香の心情を考えれば、あの部屋に一人にするのはかわいそうだ。かといって、男だらけ三人の部屋で、一緒に寝るのも落ち着かないだろう。

「それなら、部屋を交換しよう」

ぽんっと手を打ちながら一心が言う。

晴香は、意味が分からなかったらしく「交換？」と首を傾げる。

それは、後藤も同じだった。

「晴香ちゃんは、私たちの部屋で寝て下さい。で、私たちが、晴香ちゃんの部屋に移ります。そうすれば、怖くないでしょ」

「本気で言ってるの？」

一心の提案に、八雲がすかさず抗議の声を上げる。

口にこそ出さなかったが、後藤も、八雲と同意見だった。

後藤たちの部屋は、ツインだから何とか三人入ることができたが、晴香の部屋はシングルだ。

「もちろん。大の男三人というのは、さすがに無理がある。他に何か方法があるか？」

一心がけろっとした調子で言う。

「幽霊は、もういないんだから、問題ないだろ」

八雲がギロリと晴香を睨《にら》む。

「わ、私……やっぱり大丈夫です」

晴香が慌てて言う。

八雲の視線に臆《おく》したというより、自分のせいで、後藤や一心が不便な思いをするのが、いたたまれないといった感じだ。

「無理はしない方がいいです。あの部屋に、一人でいるのは怖いでしょう」

「それは……でも、大丈夫です」

「本人が、いいと言っているんだから、それでいいでしょ」

八雲が突き放すように言う。

「そうはいかん。まあ、お前がどうしても嫌と言うなら、私とこの熊とで部屋を移ることになるが、それでも構わないか？」

一心がニヤリと笑いながら言った。

八雲は、これみよがしに長いため息を吐き、晴香は茹《ゆ》で蛸《だこ》みたいに真っ赤になって顔を背けた。

本当に上手《うま》いところを突く。

嫌なら、八雲と晴香が同室になれ——と言っているのだ。二人が恋人同士なら問題もないだろうが、何が楽しいのか、二人は友だち以上、恋人未満という微妙な距離を保ち続けている。

同じ部屋で寝るのは、なかなか刺激的な状況だろう。

こうなれば、八雲は承諾せざるを得ない。

「勝手にして下さい」

半ば自棄《やけ》になっている八雲が、何だかかわいく見えた。

2

「おはようございます——」

翌朝、晴香がホテルのロビーに足を運ぶと、すでに八雲、後藤、一心の三人が揃っていた。

後藤と一心は、挨拶《あいさつ》を返してくれたが、八雲は陰鬱《いんうつ》な顔で晴香を一瞥《いちべつ》しただけだ。

何だか空気が重い。

「どうかしたの？」

訊ねてみると、八雲が軽く舌打ちをした。

「どうもこうもない。熊の鼾《いびき》が五月蠅《うるさ》くて、寝られたもんじゃない」

——そういうことか。

「あんだと？　鼾くらい大したこっちゃねぇだろ」

後藤が突っかかる。

「自分で聞いたことがないから、そういうことを言うんですよ。後藤さんの鼾に比べたら、電車の方がまだ静かです」

「ふざけんな！」

後藤が立ち上がり、手を振り上げたので、晴香は慌てて割って入った。

「ごめん。私のせいだね」

部屋を移ってもらったお陰で、晴香は何も気にせず熟睡できたが、八雲はそうではなかったらしい。

何だか申し訳ないことをしてしまった。

「晴香ちゃんのせいではありませんよ。この男の鼾が五月蠅いのは、部屋の広さとは関係ありませんから」

宥《なだ》める一心を、後藤が「バカ言ってんじゃねぇ」と一蹴《いっしゅう》する。

「お前は、他人の鼾をどうこう言えるのか？」

「何の話ですか？」

一心がきょとんとした顔で首を傾げる。

「おれの顔面に、肘打《ひじう》ちを食らわしたのは、どこのどいつだ？」

後藤が親の敵を見るみたいな目で一心を睨む。

温厚な一心が肘打ち？　とても、そんなことをするようには見えない。

「肘打ちとは、穏やかではないですね」

「すっとぼけてんじゃねぇ！」

「とぼける？」

「肘打ちだけじゃねぇ！　蹴《け》るわのしかかるわ、本当に酷《ひど》いもんだ！　あれは、寝相が悪いなんてレベルじゃねぇ！　絶対に故意だ！」

――何と！

寝返り程度なら分かるが、肘打ちや蹴るというのは、後藤の言う通り寝相のレベルを超えている。

全てが完璧《かんぺき》に見える一心に、そんな欠点があったとは。何だか、可笑《おか》しくなって思わず笑ってしまった。

後藤が睨んできた。

晴香は、はっとなり縮こまった。

今のは睨まれても仕方ない。鼾に関しては、一心の言うように、部屋の広さは関係ないが、後藤が一心の寝相の悪さに苦しめられたことは、部屋を移ってもらったことが、大いに影響している。

つまり、晴香の責任でもある。

「まあ、済んだことは、どうでもいいではないか。それより、行くとしましょう」

一心が、柔和な笑みを浮かべながら言う。

後藤はまだ不服そうだったが、これ以上言い合っても意味がないと判断したのか、「そうだな――」と応じた。

フロントでチェックアウトの手続きを済ませ、みんなで駐車場に移動した。

昨日とはうって変わって、抜けるような青空が広がっている。

澄み渡った空の下に、富士山が見えた。

静岡側から見る富士山は、雄大な山という感じだが、山梨側の山間に覗《のぞ》く富士山の姿は、どこか控えめで、自然と溶け合った美しさがあった。

静岡側と山梨側で、どちらが富士山が綺麗《きれい》に見えるか――という論争があるようだが、正直、甲乙付けがたい。

どちらも異なる良さがある。

後藤が運転席、一心が助手席に座り、晴香は八雲と並んで後部座席に収まった。

「マヒロちゃんのお母さんの居場所は分かったの？」

車が走り出したところで、八雲に訊《たず》ねてみた。

「ああ。今朝早くに、真琴さんから連絡があった。マヒロちゃんの母親は、宏美《ひろみ》さんという名前らしい」

「どこにいるの？」

「勝沼《かつぬま》だ」

「勝沼って、ワインが有名なところだよね？」

山梨県のどの辺りなのか、正確な位置関係は把握していないが、その地名だけは、幾度となく耳にしたことがある。

「そうか。勝沼と言えばワインか」

後藤が会話に割って入ってくる。

「どうして、勝沼はそんなにワインが有名なんでしょうね？」

「水捌《みずは》けのいい扇状地で、気候や降水量が、葡萄《ぶどう》の栽培に適した土地なんですよ」

晴香が、何となく口にした疑問に答えたのは一心だった。

「そうなんですか」

「ええ。何でも、ワインの全国生産量の25％が勝沼産だそうですよ」

「そんなに！」

晴香は思わず声を上げた。

四分の一を生産しているとは驚きだ。同時に、一心の博識ぶりにも感嘆させられた。

「せっかくだから、ワインのテイスティングくらいしていくか」

後藤が嬉々《きき》として口にする。

「現職の警察官が、酒気帯び運転を宣言するとは——日本も、もう終わりですね」

すかさず八雲が突っ込む。

「別に本気で呑《の》むって言ったわけじゃねぇよ」

後藤が舌打ち交じりに返した。

「だったら、言わないで下さい。だいたい、後藤さんに勝沼のワインなんてもったいない」

「もったいないってのは、どういうことだ？」

「熊にワインの味なんて、分からないと言っているんです。熊にワインという新しい諺《ことわざ》を作ってもらったらどうです？」

「てめぇ！」

「おいおい。事故を起こす気か」

運転中にもかかわらず、振り返って八雲に突っかかろうとする後藤を、一心が窘《たしな》めた。

その様を見て、晴香は思わず笑ってしまった。

「何がおかしいんだ？」

後藤に睨《にら》まれた。

「あ、ち、違います」

晴香は、慌てて否定してみたものの、何が違うのか、よく分からない。

後藤は「まったく……」とぼやいただけで、怒りを収めてくれた。

「勝沼は、ここから遠いの？」

一段落したところで、八雲に訊ねてみた。

「車で一時間――というところかな」

そう言った八雲の顔は、どこか釈然としない様子だった。

「何か引っかかるの？」

「別に、大したことじゃないんだが……」

「何？」

「車で一時間の距離なら、マヒロちゃんとその母親は、どうしてわざわざホテルに宿泊したのか――それが引っかかったんだ」

八雲の言葉を聞き、晴香も「あっ！」となった。

確かに、それは気に掛かるところだ。車で一時間であれば、日帰りできる距離だ。それなのに、どうしてわざわざホテルに宿泊したのだろう。

「本人に会えば、分かるだろう」

一心がそう返した。

まさにその通りだ。これから、本人に会いに行くのだ。直接問い質《ただ》せば、そういう疑問も全て解消される。

「そうすんなり行くといいんですけどね……」

八雲が苦笑いを浮かべて、窓の外に目を向けた。

「どういうこと？」

晴香が聞き返すと、八雲は小さくため息を吐いた。

「真琴さんが教えてくれた住所は、あくまで事件当時のものだ。今も同じ場所にいるとは限らない」

八雲のそのひと言で、晴香の気分が一気に沈み込んだ。

真琴から得たマヒロの母親の住所は、あくまで一年前のもの。娘を失った母親が、今も同じ場所で暮らしているかどうかは定かではない——。

晴香は、変わらず佇《たたず》む富士山に目を向けながら、自分たちは、これから娘を失った母親に会いに行くのだ——という現実を嚙《か》み締めた。

3

道路が比較的空いていたこともあり、目当ての住所には、一時間かからずに到着した——。

葡萄畑が並ぶ、急勾配《きゅうこうばい》の斜面の外れに、そのアパートは建っていた。すり鉢状になった甲府盆地が見渡せる。さぞや夜景が綺麗に見えるだろう。だが、問題はそこではない。

「で、どうする？」

後藤は、車のボンネットに腰掛けながら、隣に立つ八雲に訊ねた。

このアパートの203号室が、マヒロの母親、宏美の住む部屋のはずだった。

だが、わざわざドアの横のインターホンを押すまでもなく、すでにこのアパートに住んでいないのは明らかだった。

何せ、アパートは取り壊しが始まっていて、とても人が住めるような状態ではなかったからだ。

敷地の一部が、崩れている。地盤沈下があったようだ。もしかしたら、そうした事情から、取り壊しになったのかもしれない。

「これは、困りましたね」

一心が思案顔で腕組みをする。

晴香も、どうしたものかと、困惑した表情を浮かべている。

「おい。どうすんだ？」

後藤は、未《いま》だに口を開かない八雲に、再び声をかけた。

「どうするも、こうするもないでしょ。捜せばいいだけですよ」

八雲はこともなげに言ったが、物事はそう単純ではない。

「簡単に言うんじゃねぇよ。聞き込み捜査ってのは、お前が思っているほど楽なもんじゃねぇんだぞ。だいたい、土地勘のねぇ田舎町ときてる」

ただでさえ、聞き込み捜査は時間と労力がいるというのに、それが見ず知らずの土地でとなれば、尚のことだ。

「そんなことは、いちいち後藤さんにご高説賜らなくても、分かっていますよ」

――毎度のことながら、気に障る言い方をする野郎だ。

「分かってんなら、何か方法を考えろよ」

「だから、後藤さんは、いつまで経っても出世できないんです」

「何？」

「土地勘が無いのは、確かにデメリットですが、ここは田舎なんです」

「だから、何が言いたい？」

正直、それがネックだ。

周囲は畑ばかりで、民家も点々としている。おまけに、後藤の視界には人の姿が映っていない。これでは、聞き込みもクソもあったものではない。

「田舎の情報網は、警察なんかより優れているってことですよ」

八雲は、そう言うと、スタスタと歩き始めた。

——どこに行くつもりだ？

視線で八雲の後ろ姿を追う。八雲は、しばらく歩みを進めたあと、畑の前でピタリと足を止める。

そこには、畑仕事をしている中年の男性の姿があった。

八雲は、こちらにあるアパートを指差しながら、その男性と何やら話をしている。

五分ほど立ち話をしたあと、八雲は中年の男性にぺこりと頭を下げてから、またこちらに戻って来た。

「何を話してたんだ？」

後藤が訊《たず》ねる。

「宏美さんの転居先を訊《き》いていたんです」

「で、分かったのか？」

皮肉を込めて訊いてみた。

最初に訊ねた人が、いきなり転居先を知っていたなどという偶然が、そうそう起こるはずがない。

「ええ。今、宏美さんは実家に身を寄せているそうです」

「いきなり当たりを引くなんて、奇跡だな」

八雲は、前から引きの強い奴だとは思っていたが、ここまで来ると驚きしかない。

「だから、後藤さんはアホだと言うんです」

「何でそうなる！」

「さっきも言ったでしょ。田舎の情報網です。田舎の人は、都会に住んでいる人たちみたいに、周囲に無関心ではないんですよ」

言われてみれば、そうかもしれない。都会と比べて、田舎は近隣同士が密接にかかわっている。

引っ越し先など、必死になって調べるまでもなく、周知の事実として知られているのだろう。

昨今は、個人情報云々《うんぬん》と五月蠅《うるさ》い上に、近隣の住民を警戒する傾向にあるが、こういう開けっぴろげな方が、犯罪が少ないのは事実だ。

「確かに、田舎って情報が筒抜けだよね。だいたいの人が知り合いだし」

晴香が賛同の声を上げた。

そう言えば、晴香も田舎町の出身だった気がする。彼女の純朴で明け透けなところは、育った環境が影響しているのかもしれない。

「で、その実家ってのはどこだ?」

「幸いにして、この近所だそうです。と、いっても、あくまでこの土地の人の感覚なので、実際は五キロほど離れているようですが」

八雲が、苦笑いを浮かべながら言った。

距離の感覚の違いも、田舎ならではと言っていいだろう。隣の家が、何百メートルも離れていることはざらなので、都会の人間とは近いの感覚が全然違う。

「何にしても、さっさと行こうぜ」

後藤は、車の運転席に乗り込む。一心、八雲、晴香の三人も、それぞれ定位置に収まった。

全員が乗ったことを確認した後藤は、八雲の指示に従って車を走らせた。

信号はおろか、対向車すらほとんどない状態だったので、都内では考えられないほどスムーズに進み、十分と経たないうちに目的地に到着した。

こうした道路事情も、都会と田舎との距離感覚の違いに関係しているのかもしれない。

路肩に停めてから車を降りる。

平屋の古い木造建築の日本家屋だった。

苔《こけ》の生えた瓦《かわら》屋根に、黒く煤《すす》けた柱は、歴史を感じさせる佇まいだ。

「しかし……来てみたはいいが、このあとはどうするんだ？」

後藤は、今さらのように疑問を口にした。

ここに来た目的は、片方だけの人形の靴と、マヒロの伝言を届けることなのだが、いきなりそんなことを言っては、頭のおかしい奴らだと思われるだけだ。

一年前に、マヒロを失ったばかりの宏美の心情を考えれば、傷口に塩を塗るような行為にもなりかねない。

「叔父《おじ》さん。ちょっといいですか」

八雲は、後藤を無視して一心に声をかけると、二人で少し離れたところに移動し、何やらコソコソと話し始めた。

「何を話してるんですかね？」

晴香が、心配そうに二人を見ている。

「さあな」

後藤は、肩を竦《すく》めながら答えた。

八雲が何を考えているかなど、後藤に分かるはずもない。ここまで来たら成り行きに身を任せるだけだ。

しばらくして、八雲が一心と一緒に戻って来た。

「何を話してたんだ?」

一応、訊いてみた。

「そのうち分かります」

八雲は、意味ありげな顔でそう言うだけだった。

想定通りの反応だ。しつこく追及したところで、素直に喋《しゃべ》るような奴じゃない。後藤は、晴香と顔を見合わせて苦笑いを浮かべた。

てっきり、八雲が先陣を切るのかと思ったが、「では、行くとするか――」と歩き出したのは、一心だった。

八雲が、すぐその後に続く。

後藤は困惑しながらも、晴香と一緒に付き従うしかなかった。

一心は、玄関の引き戸の前に立つと、ごく気軽にインターホンを押した。

しばらくして、引き戸が開き、一人の女性が顔を出した。年齢は、六十代くらいだろうか。ほっそりとしていて、小柄な女性だった。

年齢的に、宏美ではないだろう。おそらくは、マヒロの祖母といったところだろうか。

「突然の訪問、ご容赦下さい」

一心が、いつもの柔和な笑みを浮かべながら、丁寧に頭を下げる。

「は、はい……」

女性は、いかにも戸惑っているという感じの返事をした。

「私は、見ての通り、僧侶《そうりょ》でございます。実は、こちらにいらっしゃる宏美さんの件で、お伺いしました」

一心が、穏やかな口調で続ける。

「娘の？」

「はい。実は、私は妙法寺《みょうほうじ》の住職と、懇意にしておりまして。娘さんのお話をお聞きしました」

「妙法寺さんの――」

どうやって調べたか知らないが、一心が口にした寺の住職のことを、この女性は知っていたらしく、戸惑いが薄れたような気がする。

「はい。それで、差し出がましいようですが、私どもであれば、少なからずお力になれると思い、こうして伺った次第です」

一心が再び笑みを浮かべる。

「そうでしたか」

女性が、大きく頷《うなず》いた。

彼女の顔から、最初にあった警戒心がすっかり消えていた。知っている人物の話が出たというのもあるのだろうが、一心の表情と声には、他人を信頼させる何かがある。

「お邪魔させて頂いても、よろしいでしょうか？」

一心が口にすると、女性は「どうぞ、どうぞ」と、中に招き入れてくれた。

「こちらです——」

玄関で靴を脱ぎ、女性に促されるままに廊下を進み、客間と思《おぼ》しき部屋に通された。

「狭いところですみません」

「いえ、とんでもないことです」

一心は、そう応じてから、簡単にそれぞれの紹介をした。と言っても、合っているのは名前だけで、八雲は霊媒師。後藤と晴香は、その助手ということにされた。

嘘にまみれた紹介を信じたか否かは定かではないが、女性は自分が宏美の母親であることと、政恵《まさえ》と自らの名を名乗ったあと、「お茶の用意をします」と、部屋を出て行った。

「おい。どういうことか説明しろ」

他人の家に上がり込んでおいて、事情も分からずでは、どうにも居心地が悪い。後藤は、堪《たま》らず八雲に訊《たず》ねた。

晴香も、責めるような視線を八雲に向けている。

観念したのか、八雲は囁《ささや》くような声で語り始めた。

「この家を教えてくれたおじさんが言っていたんです。宏美さんは、あの事故以来、心霊現象に悩まされている——と」

「し、心霊現象だと！」

後藤が思わず声を上げると、八雲が慌てた様子で「しっ」と口の前で人差し指を立てた。

色々と言いたいことはあるが、ここで大声を出して問い詰めたのでは、あとあと面倒になる。

「詳しいことは分かりませんが、引っ越しをしたのは、そういう経緯もあったらしいです。それで、その線から切り出せば、話がスムーズだと思ったというわけです」

——なるほど。

事情は分かったが、もう一つ理解できないことがある。

「寺の名前は、どこから引っ張り出した」

適当に出した名前が、運良く当たったなんてことでもないだろう。

「携帯電話で調べたんだよ」

一心が、こともなげに言う。

「携帯電話？」

「さっき、八雲からその話を聞いたとき、とっかかりになるように、この近辺の寺を検索したというわけです」

「外れてたらどうするつもりだ？」

「それはないでしょう。この近辺に、寺は一軒しかありませんでしたから」

人口の多い都市とかであれば、幾つもの異なる宗派の寺があるだろうが、これだけの田舎だと、そうそう寺があるわけではない。

だが――。

「もし、連絡されたりしたらどうするつもりだ?」

それが一番怖い。下手に確認を取られて、嘘がバレたりしたら、それこそ厄介なことになる。

「まあ、そのときは、そのときです。現職の警察官もいることですし、何とかなるでしょう」

一心が、けろっとした顔で言う。

責任だけ後藤になすりつけようとは、とても仏に仕える身とは思えない。文句を言ってやろうかと思ったが、それより先に、政恵が盆に人数分の湯飲みを載せて戻ってきた。

それぞれの前にお茶を出したところで、政恵も腰を下ろす。

「早速ですが、どういう状況なのか、詳しいことを教えて頂いてもよろしいですか?」

そう切り出したのは、八雲だった。

政恵は、一瞬、戸惑った表情を見せる。

初対面のよそ者に、話していいものか、迷っているといった感じだ。

「警戒されるお気持ちは分かりますが、どうかご安心下さい」

一心が微笑みかける。

弥勒菩薩《みろくぼさつ》を思わせる、穏やかでありながら、全てを達観したようなその表情には、他人の警戒心を緩める働きがある。

それは、政恵も例外ではなかった。腹を決めたように、小さく頷いてから口を開いた。

「事故のことは、ご存じでしょうか？」

政恵は、探るような視線で一同を見回す。

「リバーサイド・富士で起きた、マヒロちゃんの事故のことですよね」

八雲が応じる。

「はい。あの事故以来、娘はふさぎ込むようになってしまいました」

「お察しします」

一心が、沈痛な面持ちで目を閉じる。

「ただ、ふさぎ込んでいるだけではなくて……その……何と言っていいか分かりませんが、何かに取り憑《つ》かれたような状態でして……」

「取り憑かれる——」

八雲が目を細める。

こういうときの八雲の視線は、研ぎ澄まされた刀のごとく鋭い。

「どう説明したらいいのか……」

政恵が口ごもった。そのまま、膝《ひざ》の上で握った拳《こぶし》に視線を落としてしまう。

室内に沈黙が流れた。

「宏美さんは、今、家にいるんですか？」

しばらくして八雲が言った。

政恵が「はい」とか細い声で応じる。

「差し支えなければ、一度、会わせてもらえませんか?」

八雲が静かに言った。

口調に反して、その目は鋭さを増したような気がした——。

4

晴香は、八雲の背中を追って歩きながら息を凝らしていた。

先頭を歩くのは、宏美の母親である政恵。その後ろに八雲と一心。そして、晴香と後藤が続いている。

まさか、一泊二日、心霊現象三連発のツアーになるとは思ってもいなかった。

当初の予定では、マヒロの人形の靴と、メッセージを届けて終わりだったはずなのに、本当に妙なことになったと思う。

正直、怖さはあるが、放っておけないと思う気持ちがあるのも事実だ。

晴香が考えを巡らせているうちに、家の奥にある襖戸《ふすまど》で仕切られた部屋の前で、政恵が足を止めた。

「ここです」

政恵が、力のない声で言った。

この先に何かがあると思うと、古びた襖が、何とも不気味に見える。

「中に入って構いませんか？」

八雲が訊ねると、政恵は一瞬、表情を強張《こわば》らせたものの、覚悟を決めたのか顎《あご》を引いて頷いた。

八雲は、それに頷き返してから襖に手をかける。

少し間を置いてから、すうっと襖を引く。

その途端、中から、湿気を帯びた空気が漏れ出てきたような気がした。

八雲が部屋の中に一歩、足を踏み入れる。

晴香は、背中越しに部屋の奥に目をやった。

――暗い。

それが、晴香の第一印象だった。

部屋の中は、今が昼であることを忘れてしまうくらい、暗かった。

じめじめとした空気が充満していて、黴臭《かびくさ》さが立ちこめているようにも感じられる。

見ると、部屋の窓にある遮光カーテンが、全て引かれていた。

今日、偶々《たまたま》そうなっているのではなく、長い間、カーテンは開かれていないのだろう。

そんな暗さだった。

部屋の中央に、三十代半ばと思《おぼ》しき女性が、膝を崩して座っていた。

おそらく、彼女がマヒロの母親、宏美だろう。

見るからに、様子がおかしかった。

すっぴんで、唇は血色が悪く、ひび割れていた。だらりと垂らした黒い髪は、櫛《くし》を通していないらしく、ぐしゃぐしゃの状態だった。

娘を失った痛ましい事故が、ここまで宏美を追い詰めてしまったのかと思うと、いたたまれない気持ちになる。

だが、逆に引っかかることがあった。

「これは心霊現象なの？」

晴香は、小声で八雲に問いかけた。

今の宏美の様子が普通ではないことは明らかだだが、心霊現象云々《うんぬん》というより、娘を亡くした喪失感に打ちひしがれ、精神が衰弱しているように見える。

とはいえ、それはあくまで晴香の感覚に過ぎない。

死者の魂を見ることができる、赤い左眼を持った八雲なら、晴香が目にしている以上の何か——が見えているのかもしれない。

「人形……」

八雲が、ぽつりと呟《つぶや》いた。

——人形ってどういうこと？

晴香は、改めて宏美に目を向ける。

宏美は、胸の前で何かを抱えていた。暗かったせいもあり、それが何なのか最初は分からなかった。

だが――。

やがて、宏美が抱えているものの正体が像を結んだ。

「あっ！」

思わず声を漏らした晴香は、慌てて両手で口を塞《ふさ》ぐ。

宏美が胸の前で抱いているのは――。

人形だった。

ドレスで着飾った、黒髪の女の子の人形だ。アニメか何かのキャラクターを商品化したもののようだ。

そして、その人形は、片方しか靴を履いていなかった。

あれはマヒロの人形に違いない。

亡くなった娘が持っていた人形を、今もこうして大事に抱えているのだ。

子どものいない晴香は、本当の意味で宏美の哀しみや苦しみを理解することができない。それでも、娘を失った耐えようのない哀しみが、ひしひしと伝わってくるようだった。

この部屋に漂う暗さは、単に光量の問題だけではなく、宏美が抱える哀しみ故なのかもしれない。

不意に、宏美が「うぅつあぁ……」と呻《うめ》くような声を上げた。

いや、あれは呻きではない。何かを言っているのだ。

晴香はじっと耳を凝らす。やがて、宏美の呻きは、言葉となって耳に届いた。

「そうなの……マヒロちゃんは、優しいね……」

宏美は、そう言いながら、人形の髪を優しく撫《な》でた。

その光景を見た瞬間、晴香の背筋がぞくぞくっと震えた。

「マヒロちゃんは、タカヒロ君と仲がいいもんね……そうだね。そうしよっか……」

宏美が、ふふふっと声を上げて笑った。

――何ということだ。

彼女は、娘の残した人形が手放せないのではない。人形を、娘そのものだと思い込んでしまっているのだ。

きっと宏美は、一年経った今でも、娘の死を受け容《い》れられていないのだろう。

心に、爪を立てられたような痛みが走る。

と、そのとき、背後でバタバタッと誰かが走っているような音がした。

晴香は、慌てて振り返る。

ほんの一瞬だが、影のようなものが、すっと廊下の奥に消えたのが見えた気がした。

――あれは何？

訊《たず》ねようとした晴香だったが、それより先に八雲が「なるほど……」と呟いた。

八雲は顎に手をやり、目を細めて遠くを見ている。

「何か分かったの？」

晴香が訊ねると、八雲は振り返り、左の眉《まゆ》をぐいっと吊《つ》り上げた。

「いや。ただ、状況は分かった」

八雲が、呟くように言った。

いつになく哀しげに見えるその目には、いったい何が映っているのだろう――。

5

宏美の状況を見たあと、再び客間に移動して額を集めることになった。

「このところ、宏美はずっとあんな状況でして……」

政恵が、低いトーンで口にしながら、視線を落とした。

孫を失っただけでなく、娘があんな風になってしまったのだ。政恵の心労は、相当なものだろう。

かわいそうだと思うし、心から同情する。

だが、後藤にできることは何もない。ただ、苦い顔でため息を吐くだけだった。

後藤は、ちらりと八雲に目を向ける。この状況を変えられるとしたら、おそらく八雲だけだ。

と、ここまで考えを巡らしたところで、一つ引っかかりを覚えた。

「見たところ、心霊現象というより、心の方に問題があるようだが……」

後藤には、そう感じられた。

大変な状況ではあるが、宏美は幽霊に憑依《ひょうい》されているというより、娘を失ったことで心を病んでいるように見える。

心霊現象であれば、八雲の手で解決することもできるが、子を失った母親を苦痛から解放するのは、さすがに難しい。

「あれだけではないんです……」

政恵が、わずかに顔を上げながら言った。

上目遣いになったその視線が、何とも恨めしげで、息が詰まる思いだった。

「他に、何かあるのか？」

「ええ。実は、あの人形、ときどき喋《しゃべ》るんです」

「喋る——だと！」

後藤は、信じられない思いで声を上げた。

「はい。私も、最初は聞き間違いかと思ったんです。でも、確かに喋っているときがあるんです」

政恵の顔は、真剣そのものだ。冗談で言っているわけではなさそうだ。だが、おいそれと信じることはできない。

これまで、散々心霊事件にかかわってきたが、人形が喋るなんて例は初めてだ。

――本当にそんなことがあるのか？

後藤は、横目で八雲の表情を窺《うかが》う。だが、八雲は無表情のまま、じっと押し黙っている。

何を考えているのか、探ってみようかと思ったが無駄だった。

「喋る他に、何か変わったことはありませんか？」

訊ねたのは一心だった。

「錯覚かもしれませんが、誰かに見られているような気がすることがあるんです。それに、家の中を走り回っている足音がしたりということも、ときどきあります」

政恵が、険しい顔で答えた。

「なるほど」

一心は、嚙《か》み締めるように言ったものの、その先、言葉が続かないらしく、口を閉ざしてしまった。

沈黙が流れる。

その間、後藤はもちろん、一心も、晴香も、視線は八雲に向けている。

何を考えているのか知らないが、この状況下で頼ることができるのは、八雲だけだ。

「ぼくからも、幾つか質問させて頂いてもよろしいですか？」

八雲が、重い口を開いた。

政恵が「はい――」と応じる。

「家庭の事情に踏み込んだ質問も含まれますが、構いませんか？」

八雲は、いつになく慎重だ。

家庭の事情――という言葉が引っかかったのか、政恵が迷いをみせたが、やがて「答えられる範囲でしたら」と応じた。

「マヒロちゃんが亡くなったとき、南アルプス市にあるホテルに宿泊していましたよね。どうして、そこに宿泊なさったのですか？」

八雲が、ホテルを出るときから、気にしていた疑問だ。

車で一時間の距離なら、帰れるはずなのに、どうしてわざわざ宿泊したのか？

「宏美には、妹がいます。あのとき、妹が結婚を控えていまして……色々と準備を手伝う為に、妹の住んでいた南アルプス市に……」

なるほど――と納得すると同時に、苦い思いが広がる。

結婚の準備を手伝いに来てくれた姉。そのせいで、姉の娘が転落死してしまった。

妹が悪いわけではない。だが、そう簡単に割り切れないのが人というものだ。おそらく妹は後悔の念に苛《さいな》まれているだろう。

姉が、今もこんな状況であれば、尚のことだ。

「そうですか……。失礼な質問かと思いますが、宏美さんの旦那《だんな》さんは、どうされているんですか？」

「現在は別居しています」

「それは、事故のあとからですか？　それとも前からですか？」

「事故のあとからです……」

「現在の宏美さんの状態が影響して――ということでしょうか？」

最初に言ったように、質問の内容が、かなり家庭の事情に踏み込んだものになってきた。ただ、これがどう関係しているのか、後藤には分からない。

「そこは、少し微妙です」

「と、いうと？」

「実は、事故が起きたとき、宏美は妊娠していたんです」

――なっ！

思わず、声を上げそうになるのを辛うじて堪《こら》えた。

晴香も一心も、同じように驚いた表情をしている。唯一、八雲だけが、いつもと変わらず無表情に「そうでしたか――」と応じた。

「事故のあとから、宏美はふさぎ込むようになって……。二ヶ月後に、出産はしたんですけど、やはり立ち直れなくて、育児どころではありませんでした……」

「そのお子さんは、どうしていらっしゃるんですか？」

八雲が、さらに踏み込んだ質問をする。

「今は、妹夫婦が預かって、育てています……」

「なるほど」

「そんなとき、宏美たちが住んでいたアパートで問題が起きまして……」

「どんな問題ですか？」

「地盤沈下というやつです。敷地の一部が、崩れてしまって……危険だということで、あのアパートを退去しなければならなくなったんです」

「ああ」

後藤は、アパートに足を運んだとき、敷地の一部が崩れていたのを思い出した。

「退去するに当たって、昭正《あきまさ》さん——あ、宏美の夫なんですが。昭正さんが、少し距離を置いた方がいいと言い出しまして……。話し合いの結果、一旦《いったん》、この家に戻ることになったんです」

引っ越しをせざるを得ない状況になったのをきっかけに、別居や離婚に踏み切るというのは、よく聞く話だ。

「で、旦那はどうしてるんだ？」

後藤は訊《たず》ねた。

「今は、別のアパートで一人暮らしをしています。通勤には不便なんですが、妹夫婦の住まいに近い場所です」

「そうか」

夫の昭正は、まだ離婚までは考えていないのだろう。

根拠があるわけではない。だが、そうでなければ、あまりに不憫《ふびん》だ。

何にしても、想像していたのより、はるかに複雑で、大変な事情があったようだ。生まれた子どものことを考えると、いつまでも宏美をあの状態にしておくわけにもいかない。

「人形に執着しだしたのは、いつからですか？」

八雲が、目を細めながら問う。

「この家に帰って来てからです。荷物の中に、マヒロが大切にしていた、あの人形があったんです」

「そうですか」

「最初は、一日中、人形を眺めているだけだったんですけど、そのうち、話しかけるようになって——人形をマヒロと呼ぶようになりました」

政恵は、小さく頭《かぶり》を振った。

いたたまれないといった政恵の想いが伝わってくる。

「もしかしたら、あの人形には、本当にマヒロの魂が宿っているのかもしれませんね……」

政恵が洟《はな》を啜《すす》り、遠くを見るような目で言った。

そう思うことで自分を納得させようとしている政恵の気持ちは分かる。マヒロを失ったことで、心を痛めているのは、何も宏美だけではない。

政恵も孫を失い、深く傷ついているのだ。

マヒロが、まだ近くにいる——と信じたい気持ちがあるのだろう。

「ねぇ。八雲君。何とかならないの？」

声を上げたのは晴香だった。

目を潤ませ、今にも泣き出しそうな顔をしている。

感受性の強い晴香のことだ。多くの想いを自分のことのように受け止め、何とかしようと足掻《あが》いているのだろう。

そういうところが、八雲と似ていたりする。

「何か手はないものか——」

一心が、呟《つぶや》きながら八雲を見た。

この男もまた、他人を放っておけない性質《たち》だ。まあ、後藤も同じ気持ちではある。

自分たちに何もできないことは分かっている。それでも、見てしまった以上、そのままにしておくことなどできない。

「おい。八雲。何とかならねぇのか？」

後藤が問うと、八雲は、苛立《いらだ》たしげに、ガリガリと髪を掻き回したあと、大きく深呼吸をした。

「分かってますよ。このままにしておくのは、どうにも後味が悪い。やれるだけのことは、やってみます」

八雲が、こういう言い方をするということは——。

「幽霊が関係しているのか？」

「ええ」

──やっぱり、そういうことになるのか。

「つまり、彼女には、幽霊が憑依《ひょうい》しているってことか？」

「それは少し違います」

「違う？」

「もし、憑依しているのだとしたら──」

八雲は、そこまで言って、一旦言葉を止めると、ふっと視線を宙に漂わせた。

しばらくそのままだった八雲だが、やがて囁《ささや》くような声で言った。

「人形の方でしょうね──」

「人形ってどういうこと？」

晴香が、すかさず訊ねるが、八雲はその声が聞こえていないかのように、じっと押し黙っている。

長い沈黙のあと、八雲はゆっくりと政恵に目を向けた。

6

「もう少し、確認したいことがあります──」

八雲が改まった口調で言った。

晴香は、ゴクリと唾《つば》を飲み込んで、じっと八雲の顔を見つめる。

掌《てのひら》に汗が滲《にじ》むほどに緊張している。だが、それは、晴香に限ったことではない。一心も、後藤も、いつになく険しい顔をしている。

そして——質問を向けられた政恵の表情が、もっとも硬かった。

「はい」

政恵が、掠《かす》れた声で答えて頷《うなず》くのを待ってから、八雲は口を開いた。

「タカヒロ君という六歳くらいの少年に、心当たりはありませんか？」

——それは誰のこと？

一瞬、疑問を抱いた晴香だったが、すぐに思い出した。

人形に語りかける宏美が、その名前を口にしていた。「マヒロちゃんは、タカヒロ君と仲がいいもんね……」と。

つまり、マヒロには、タカヒロという友人がいたことは明らかだ。

「ああ。それでしたら、五軒先の岡田《おかだ》さんのところの息子さんだと思います」

「マヒロちゃんとは、仲が良かったんですか？」

「はい。年が同じというのもあって、こちらに戻って来ているときは、よく一緒に遊んでいましたね」

「そうですか。タカヒロ君は、まだその家にいらっしゃいますか？」

「ええ」

政恵の答えが不満なのか、八雲が苦い顔をする。

「唐突に思えるかもしれませんが、最近、この近所で誰か亡くなったりはしていませんか？　事件、事故、病気、何でもいいです」

「一月ほど前に、清平《きよひら》さんが脳梗塞《のうこうそく》で……」

「おいくつぐらいの方ですか？」

「そうですね。八十くらいだったと思います」

「違うな……」

八雲が呟く。

「何が違うのですか？」

政恵が困惑した顔で問う。

「いえ。何でもありません。マヒロちゃんと、同年代で、どなたか亡くなった方はいませんか？　最近でなくても構いません」

「いないと思います」

政恵が小さく首を横に振った。

求めている情報が得られなかったらしく、八雲が苛立たしげに髪をガリガリと掻く。

八雲は、政恵から何を引きだそうとしていたのだろう？　考えてみたが、晴香などに分かるはずもない。

しばらく俯《うつむ》き、ぶつぶつと何事かを呟いていた八雲だったが、やがてふっと顔を上げた。

「最後にもう一つ、訊《き》いてもよろしいですか？」

「はい」

政恵が、不安げな顔で頷く。

「おかしな現象が起き始めたのは、宏美さんが実家に帰ってからで、間違いありませんか？」

「ええ」

「それは、確かですか？」

八雲がすっと目を細めて政恵に向ける。

「確かです」

「人形に話しかけるようになったのも、家に戻ってからですか？」

「そうです」

政恵は、はっきり答えたのだが、八雲は何かが引っかかるらしく、じっと彼女を見据えている。

まるで、政恵が何か隠している——とでも言いたげだ。

これまでの受け答えを見る限り、政恵が隠し事をしているとは思えないし、そもそも嘘を吐いたりする理由がない。

だが、今まで、晴香には不自然に見えないことでも、八雲はわずかな違和感を見つけ出し、事件解決の糸口にしてきた。

今回も、晴香が気づかないだけで、不自然な何かがあるのかもしれない。

「分かりました。色々とありがとうございます」

八雲は、丁寧に礼を言うと、すっと立ち上がった。

「何か分かったの？」

晴香は、八雲の顔を見上げながら訊《たず》ねてみた。

「そう簡単に分かったら、苦労はしない」

八雲が、ため息交じりに答える。

「それはそうだけど……」

「そう思っているなら、訊くな」

八雲がぴしゃりと言う。

毎度のことだが、つれない態度だ。文句の一つも言ってやろうかと思ったが、結局、口に出すことはなかった。

余計なことを言えば、ブーメランのように自分に返ってくる。

「何にしても、少し調べてみる必要があるな……」

八雲が、尖《とが》った顎《あご》に手を当て、呟くように言う。

「私も手伝うよ」

晴香が立ち上がりながら言うと、八雲は「当然だ——」と顎を上げながら言った。

バカにしたような言い方が引っかかるが、以前は役立たず扱いをされていたのだから、頭数に入れてくれているだけ、マシなのかもしれない。

「叔父《おじ》さんと、後藤さんにも手伝ってもらいますよ」

八雲が告げる。

「もちろんだ」

一心は笑顔で立ち上がったが、後藤は不機嫌さを露《あら》わにした顔で座っている。

「手伝って欲しいなら、頼み方ってもんがあるだろ」

後藤は、いつものお返しとばかりに、皮肉交じりの口調で言う。

——余計なことを言わなきゃいいのに。

晴香の懸念を裏付けるように、八雲の表情がさっと強張《こわば》った。

「そうですか。嫌なら別にいいです。ただし、今後一切、ぼくに事件を持ち込むのは止めて下さいね」

「それとこれとは別だろ」

「いいえ、一緒ですよ。そうだ。二度と事件を持ち込まれないように、後藤さんがこれまで一般市民に捜査情報を垂れ流してきた事実を、警察に報告しておきますね」

「なっ！ ふざけんな！ そんなことしたら、おれは首になっちまうだろうが！」

後藤が、慌てふためく。

「それは良かった。ぼくは無関係の事件に巻き込まれることがなくなるし、国民の税金が、後藤さんのような能無しに支払われないとなれば、一石二鳥です」

「何だと！」

「いいじゃないですか。後藤さんは、これで心置きなく遊べる。一石三鳥ですね」

八雲が、ニヤリと笑って後藤を見る。

本当に嫌なところを突く。そんな風に言われたら、後藤も反論ができない。

「分かったよ。やればいいんだろ、やれば」

ため息交じりに、重い腰を上げた後藤だったが、八雲の反撃は終わらない。

「別に、手伝ってもらわなくても構いません」

「さっきと言ってることが違うじゃねぇか！」

「嫌がっている人に、無理やり手伝ってもらう必要はないと言っているんです」

「はあ？」

「まあ、後藤さんが、どうしても手伝いたい——と言うなら、手伝ってくれても構いませんよ」

後藤が「ぐっ……」と唸《うな》った。

心底、後藤に同情する。だが、八雲に口で挑むことが間違いなのだ。

「どうします？　手伝いたいんですか？」

八雲がおどけた調子で後藤に問う。

「て、手伝いたいです……」

後藤は、怒りで顔を真っ赤にしながらも、絞り出すように言った。

「最初から、素直にそう言って下さい」

八雲は、しれっと言うと、さっさと背中を向けて部屋を出て行った。

「あの野郎……いつかぶっ飛ばしてやる……」

後藤のぼやきは聞こえているはずだが、八雲が振り返ることはなかった。

「お騒がせして申し訳ありません。では、また後ほどお伺いします」

一心は、政恵に一礼してから、後藤と一緒に部屋を出て行った。

晴香もそのあとに続こうとしたが、ふと異様な気配を感じて振り返った。誰かが、背後をすっと駆け抜けたような気がしたのだ。

だが、そこには、憔悴《しょうすい》し切った政恵の姿があるだけだった。

7

「お前は、あの部屋で何を見たんだ？」

後藤は車を運転しながら、助手席にいる八雲に問いかけてみた。

政恵の家を出たあと、八雲の指示で二手に分かれて色々と調べてみることになった。

一心と晴香は、近隣の聞き込み。後藤と八雲は、再び、宏美がかつて生活していたアパートに向かうことになった。

八雲は、何も語ろうとはしないが、闇雲に動くタイプではない。事件解決につながる糸口を摑《つか》んだからこそ、こうして行動に移しているはずだ。

そして、おそらくは、八雲が行動する根拠となっているのは、あの部屋で見た何か——だ。

後藤たちからすれば、人形に話しかける宏美の姿は、娘を失い、精神を病んでしまったように見える。

だが、死者の魂——幽霊が見える八雲には、別の何かが見えていたはずだ。

「ずいぶんと、ざっくりした質問ですね」

八雲が、サイドウィンドーの外に目を向けながら答える。

「別にざっくりはしてねぇだろ」

「してますよ。今、後藤さんと余計な言葉を交わしたくありません。質問があるなら、YESかNOの二択で答えられるものにして下さい」

相変わらず、人の神経を逆撫《さかな》でする言い様だ。だが、下手に反論すれば、手痛いしっぺ返しを食うことは、さっき実証されたばかりだ。

「あの部屋で、幽霊を見たのか？」

「YES」

「その幽霊は、何者だ？」

「YESかNOかで答えられる質問にして下さいとお願いしたはずですよ」

八雲が、これみよがしにため息を吐いた。

後藤は思わず舌打ちを返す。

──ややこしい野郎だ。

「幽霊はマヒロって娘か？」

「NO。そんなの、訊《き》くまでもなく分かりますよね」

「お前は見えるかもしれねぇが、おれは見えねぇんだから、分かるわけねぇだろ」

「別に、見えなくても分かるでしょ」

「どうしてだ？」

「マヒロちゃんは、昨日までホテルにいたんです」

八雲のひと言で「ああ」と納得した。

心霊現象は、昨日から起きたわけではない。それより前から、あの家で起こっていた。

つまり、マヒロではない──ということだ。

確かに気づかなかったのは後藤の落ち度だが、言い方ってものがある。本当にむかつく。

「じゃあ、お前は幽霊の正体が何者か分かっているのか？」

後藤が別の質問を投げると、八雲が大口を開けてあくびをした。

「これ以上、無駄なカロリーを使いたくありません」

「何だと？」

「愚鈍な刑事に説明するのは、カロリーの無駄遣いだって言っているんです」

「てめぇ！」

ぶん殴ってやろうかと思ったが、それを察知したのか、八雲は携帯電話を取り出し、どこかに電話を始めた。

「八雲です……はい。知ってます。ええ……」

電話の相手が出たらしく、会話を始める。

最初、新聞記者の土方真琴かと思ったが、わずかに漏れる声からして、相手は男のようだ。

「そうですか……。後藤さんなら、今隣にいますよ。……ええ。伝えておきます」

話の感じから、電話の相手は石井雄太郎らしい。

「一つ、頼みがあるんですが、よろしいですか？　実は、石井さんに調べて欲しいことがあるんです」

──なるほど。

石井を使って、情報を集めようということのようだ。

「山梨県の勝沼近辺で、過去に事件や事故で子どもが死んでいないか、調べて欲しいんです……。ええ。難しいのは分かっていますが、何とかお願いできませんか？」

今の会話で、さっきの質問の答えが出た。

八雲は幽霊の正体が何者かは、分かっていないようだ。

幽霊となって現世を彷徨《さまよ》っているということは、何かしらの強い未練があるということだ。

つまり、事件や事故で亡くなった子どもである可能性が高いので、その線から正体を突き止めようとしているのだろう。

これまで、八雲が何度も使ってきた手だ。

「ありがとうございます。それから、あと一つ……。ある人物の経歴を洗って欲しいんです」

後藤は、はっとなり、次の八雲の言葉に聞き耳を立てた。

八雲が経歴を気にしているということは、その人物が、事件に大きく関係していると考えているのだろう。

その人物は、いったい誰なのか？

「今から、名前を言います——」

八雲が、石井に伝えたのは、マヒロの父親の名前だった。

「父親が関係しているってことか？」

後藤は、八雲が電話を切るのを待ってから訊《たず》ねた。

もし、マヒロの父親が事件に関係しているのだとしたら、どういうかたちでかかわっているのか興味があった。

「本当にアホですね」

八雲が、うんざりだと言わんばかりに、ため息を吐いた。

「どうしてアホになるんだ。だいたい、質問の答えになってねぇだろ」

「充分なっていますよ」

「なってねぇ！」

後藤が声を張ると、八雲が耳に指を突っ込んでうるさいとアピールする。

「現状は、何も分かっていません。今はとにかく情報が欲しいんです。関係者全員を調べるのは、当然のことです。先入観を持って捜査に臨めば、真実を見誤ります。ぼくの言っていることは、間違っていますか？」

「それは……」

八雲の言う通りではある。

「まったく。こんな初歩的なことまで説明しないといけないなんて……アホと言いたくもなるでしょ」

言い返したいことはたくさんある。だが、黙って八雲のご高説を拝聴するに止《とど》めた。

アホは言い過ぎだと思うが、あまりに状況が見えないので、結論を急《せ》いていた部分はある。少し冷静になった方が良さそうだ。

「あ、それから、石井さんから伝言があります」

しばらくして、八雲が思い出したように言った。

「ええ。なんでも、後藤さんが無断欠勤していることが、上にバレて問題になっているらしいですよ」

「伝言？」

「あん？」

「減給処分になるかもしれないって──」

八雲が、他人事《ひとごと》のように言う。

「おいおい。冗談じゃねぇぞ。今すぐ帰らせてもらう」

後藤はブレーキを踏んで、車を停めた。

石井から電話はあったが、適当にあしらって、八雲たちと山梨まで来てしまった。そんなことは、日常茶飯事なので、さほど気にもしていなかったが、運悪く、今回はそれがバレてしまったようだ。

「今さら帰ったところで、給料が上がるわけじゃありませんよ」

──それはそうだが。

「だからって、このままにはできねぇだろ」

「大丈夫ですよ。石井さんが、上手《うま》いこと誤魔化してくれているらしいですから」

──石井がねぇ。

後藤からしてみると、不安しかない。

石井は、気が弱く、バカが付くほどの正直者だ。気の利いた誤魔化しができるようなタイプではない。

追及されたら、簡単に喋《しゃべ》ってしまいそうだ。

だいたい、そんな重要なことを、どうして石井は後藤に直接言うのではなく、八雲に伝言したのかが不明だ。

そのことを言い募ると、八雲がふっと笑った。

「それは後藤さんのせいですよ」

「どうして、おれのせいになるんだ？」

「石井さんは、昨日からずっと後藤さんの携帯電話に連絡を入れていたそうですよ。ただ、昨日の夜から繋《つな》がらなくなったって言ってました」

言われて「あっ！」となる。

確かに、石井から電話はかかってきていた。

一度は話をしたが、そのあと面倒臭くて放置した。繋がらなくなったのは、携帯電話のバッテリーが切れているからだろう。

「まあ、今さら慌てたところで、手遅れですよ」

八雲が、しれっと言う。

自分は関係ないという意思が透けて見えるのは腹立たしいが、八雲の言う通りだ。

それに、ここまで来て投げ出すのはどうにも後味が悪い。

――減給でも何でも勝手にしやがれ！

後藤は、内心で吐き出すように言うと、アクセルを踏んで、再び車を発進させた。

8

心が洗われるような、青空だった——。

昨日の雨で、汚れが洗い流されたからというのもあるが、やはり都会の空気とは透明度や色合いが全然違う。

「妙なことになってしまいましたね」

晴香が呟《つぶや》くと、隣にいる一心が、「そうですね」と頷《うなず》いた。

暇潰《ひまつぶ》しのつもりで、八雲のところに顔を出しただけなのに、愉快な仲間たちと行く、一泊二日の山梨心霊事件ツアーになってしまった。

ただ、晴香には一つ気になることがあった。

「あれは、本当に心霊現象なんでしょうか？」

晴香は未《いま》だにそのことが引っかかっていた。

茫然自失《ぼうぜんじしつ》の状態で、ずっと人形に語りかけている宏美は、明らかに様子がおかしい。

だが、それが心霊現象故なのか——ということになると、どうもはっきりしない。

晴香の目には、宏美が娘を失い、憔悴《しょうすい》している母親として映っていた。

「どうなんでしょうね。私にも、八雲と同じように見えればいいのですが……」

一心が、目を細めて視線を空に向けた。

その言葉に、晴香は胸がじわっと熱くなった。

一心が、今言った、「八雲と同じように見えればいいのですが……」という言葉には、単に、今回の事件を解決する為に──というだけではなく、真の意味で八雲を理解したいという願いが込められている。

そんなことを考えているうちに、一軒の家の前に辿《たど》り着いた。

二階建てで、比較的新しい感じのする家だった。

一心がインターホンを押すと、「はい」と明るい声がして、三十代と思《おぼ》しき女性が顔を出した。

「こんにちは──」

一心がにこやかに声をかけたが、それとは対照的に、女性は強張《こわば》った顔をしている。

僧侶《そうりょ》が立っていたという驚きもあるのだろうが、田舎では、見知らぬ顔が訪ねて来ることなどそうそうないので、戸惑ってもいるのだろう。

「突然、押しかけてしまって申し訳ありません。私は、一心と申しまして、見ての通りの僧侶です」

「はあ」

「実は、マヒロちゃんの件で、少しばかりお話を伺えないかと思いまして──」

一心が告げると、女性が痛みを堪《こら》えるように表情を歪《ゆが》めた。

「まさか、あんなことになるなんて……かわいそうに……」

表面上ではなく、心の底からマヒロの死を悼んでいるのが分かった。

「何でも、息子さんのタカヒロ君は、仲が良かったとか」

一心が自然に話を続ける。

「ええ。宏美さん一家が帰ってきているときは、よく一緒に遊んでいました」

「そうでしたか……」

「あの事故以来、宏美さんも、参ってしまっているようですし……。何かしてあげたいとは思うんですけど、私なんかができることなんて……」

女性は、悔しそうに下唇を噛《か》んだ。

「実は、私たちは、深く傷ついている宏美さんを、どうにかしてあげたいと思っていまして。それで、立ち直るきっかけはないか――と、こうして色々と訊《き》いて回っているんです」

「そういうことでしたか」

女性の顔から、警戒の色が完全に消えた。

「それで、もし良ければ、タカヒロ君と少し話ができないかと――」

一心が口にすると、女性は家の中に向かって「タカヒロ」と名前を呼んだ。

「何?」

すぐに、家の奥から、いかにも利発そうな男の子が出て来た。

「このお坊さんたちが、マヒロちゃんのことで、訊きたいことがあるんだって」

母親に言われたタカヒロは、晴香と一心を不思議そうに眺めたあと、「いいよ」と明るい声で答えた。

「マヒロちゃんとは、よく遊んでいたんだよね」

一心が、屈《かが》み込むようにして、タカヒロと視線を合わせながら問いかける。

自然にこういう接し方ができるのが、一心の上手いところだ。

「うん」

「マヒロちゃんは、タカヒロ君のことを何て呼んでたの？」

「たっくんとか、そんな感じだった」

「そうなんだ。マヒロちゃんは、君の他にも、タカヒロ君って男の子がいるって言ってなかった？」

今言ったのは、一心や晴香が考えた質問ではない。八雲が、そう訊《たず》ねるようにと指示したものだ。

八雲にどんな意図があるのか、さっぱり分からない。だが、八雲はいつもそうしたところから、事件の真相を導き出してきた。

「うん。いるって言ってた」

タカヒロが、明るく答えた。

一瞬、驚く。晴香たちからしてみれば、半信半疑だったが、八雲はタカヒロの答えを推測していたのだろう。

「それは、近所に住んでいる子かな？」

「うーん。よく分からない」

「分からない？」

「何か、気づくといるんだって。お母さんには、内緒の友だちだって言ってた」

――内緒の友だち？

それはいったいどういうことなのだろう。考えを巡らせてみたが、晴香などに答えが出せるはずもなかった。

一心も、どういうことなのか分からないらしく、首を傾げていた。

色々と分からないことはあるが、おそらく八雲が何かしらの結論を導き出してくれるだろう。

改めて礼を言ってから、岡田家をあとにした。

「内緒の友だちがいたって、どういうことなんでしょうね？」

歩きながら、晴香は一心に訊ねてみた。

「そうですね。少し奇妙ですね」

「もしかしたら、政恵さんが忘れているだけで、タカヒロという子が、他にもいるかもしれませんね」

「まあ、それも考えられなくはないですね」

と、ここまで話したところで、晴香の中にある考えが浮かんだ。

「もう少し、この辺りで聞き込みをして、タカヒロという子を探してみませんか？」

「なるほど。まだ時間もあるし、それも一つの手かもしれませんね」

晴香の提案に、一心が賛同した。

9

「で、これから何を調べるんだ？」

後藤は、宏美たちが生活していたアパートの前に車を停めたところで、八雲に訊ねた。

「呑気《のんき》でいいですね」

八雲は、ため息交じりに言いながら車を降りる。

「あん？」

「そうやって、自分では何も考えないから、脳が退化すると言っているんです」

口を開けばこれだ。

後藤は、半ば辟易《へきえき》しつつも気持ちを切り替える。

「悪かったな。手伝ってやるって言ってんだから、何を調べるかくらい教えろ」

後藤も車から降りて、八雲に詰め寄る。

「ずいぶん、恩着せがましい言い方ですね。手伝いたいって言ったのは、後藤さんですよ」

八雲が流し目で後藤を見る。

——お前が言わせたんだろうが！

「悪かったよ。何をすればよいか、教えて頂けませんか？」

後藤は、不満を呑《の》み込みつつ、改めて訊ねた。

「話を聞いていれば分かるでしょ」

「分からねぇから、訊いてんだろうが」

「これまでの話を吟味すれば、分かるでしょ」

「分からん！」

「威張ることですか。まったく……。宏美さんは、実家に戻ってから様子がおかしくなったということでしたね」

そのことは、八雲が、政恵に何度も確認を取っていた。

「つまり、あの家に心霊現象が起きる要因が、何かあった——ってことだろ？」

「それは違います」

「どうしてだ？」

「もし、あの家に、元々そうした要因があったのだとしたら、どうして政恵さんは平気だったんですか？」

「それは……」

確かにそうだ。

宏美が帰って来るまで、心霊現象の類《たぐ》いは起きていないと政恵は証言していた。

「ぼくの考えでは、宏美さんが実家に帰ったことで、心霊現象が起きたのではありません。おそらく宏美さんの周りでは、それより前から、心霊現象は起きていたんだと思います」

八雲は、そう言いながらアパートの敷地に入って行くと、地面を見つめながら、何かを探すように歩き回り始める。

「だが、そんなことは、言ってなかったぞ！　政恵が、嘘を吐いているということか？」

「政恵さんが、嘘を吐いているかどうかは別として、ぼくたちは、肝心の宏美さんの証言を聞けていないんです。それを忘れないで下さい」

八雲が、人差し指を立てながら言う。

その言葉を聞いて、なるほど――と納得した。

心霊現象が起きた時期については、全て政恵の証言に基づいている。口にしなかっただけで、宏美が、このアパートにいるときから、すでに何かしらの心霊現象が起きていたのかもしれない。

八雲は、その可能性を考えたからこそ、わざわざこの場所に足を運んだというわけだ。と、そこまでは分かったが、一番重要な部分が宙ぶらりんのままだ。

「それで、何を調べるんだ？」

「ここまで言って、分かりませんか？」

八雲が、ゴキブリでも見るような視線を向けてくる。そんな目をされても、分からないものは分からない。

後藤が、さらに追及すると、八雲は脱力したようにだらりと両腕を垂らし、首を左右に振った。

「すでに、心霊現象が起きていたと仮定して、そのきっかけとなる何か——を探すんですよ」

「何かって何だ？」

「それが分かったら苦労しません」

八雲がぴしゃりと言った。

何だ。結局のところ、八雲も具体的に何か分かっているということではなさそうだ。

「まったく……」

後藤は、ぼやきながらも、ここで突っ立っていても仕方ないと思い直した。取り敢《あ》えず、不審なものがないか、辺りを見て回る。

八雲も、同じように周囲を歩き回っていたが、やがて地盤沈下が起きた場所で足を止めた。

崩れた一角は、黄色いテープで囲われていて、立入禁止のプレートがぶら下がっている。

近くには、スコップらしきものが、放置されたままになっていた。

「さっき来たときも感じたんですが、妙だと思いませんか？」

八雲がぽつりと言う。

「何がだ？」

「地盤沈下があったのは、結構前ですよね。それなのに、そのまま放置されています」

「まあ、そうだな」

「建物の方も、解体を途中で止めたといった感じです」

「費用の問題じゃねぇのか？」

ここは私有地だ。地盤沈下が起きたとしても、行政が何かしてくれるわけではない。建物の解体にしても、土地の整地にしても、相応の費用がかかってくる。

結果として、放置されるケースは、結構あると聞いている。

「だとしたら、このスコップはおかしいですね」

八雲が、スコップの前に屈《かが》み込み、その先端をそっと指で撫《な》でる。

「何がだ？」

「そこを見て下さい。土が盛られています」

八雲が、少し離れた場所を指差す。指摘した通り、確かにそこには、小さな山ができていた。

「スコップで掘った土を、そこに盛ったんじゃねぇのか？」

「ですから、それが妙だと言っているんです」

「は？」

「あそこに穴がありますよね？」

八雲が、陥没した地面の一角を指差す。

「ああ」

全体が陥没しているので、分かり難《にく》いが、誰かが穴を掘った痕跡《こんせき》がある。

「いったい、何の目的があって、陥没した地面を掘ったんですか？」

「それは、あれだ……」

何か言おうとしたが、これといった答えが思いつかなかった。

「陥没した地面の下から、何かを掘り起こしたとは考えられませんか？」

「そうかもしれんな」

ただ、それは大した問題ではない気がする。後藤には、地面を掘ることが、それほど不思議なこととは思えない。

ところが、八雲はそうではなかった。

苛立《いらだ》たしげに寝グセだらけの髪を搔《か》きむしったあと、眉間《みけん》に皺《しわ》を寄せ、何かを思案しているようだ。

八雲の苛立ちが、ひしひしと伝わってくる。

こうなると、後藤にできることは何もない。八雲の考えがまとまるまで、ただ待つだけだ。

どれくらい経っただろう。静寂を断ち切るように、携帯電話の呼び出し音が響き渡った。

「もしもし──」

八雲が電話に出る。

珍しく、八雲は相手の言葉に、黙って耳を傾けている。

「分かりました。ありがとうございます」

五分ほどしてから、八雲はそう言って電話を切った。

「誰からだ？」

後藤が訊《たず》ねると、「石井さんです──」と短く応じたあと、八雲は尖《とが》った顎《あご》に手を当てる。

「おい。八雲……」

さらに呼び掛けた後藤を、八雲が手で制した。

バラバラだった何かが、八雲の中で繋《つな》がろうとしているのだろう。

「君は……」

八雲は、何か見つけたらしく、前方をじっと見つめている。

だが、後藤には何も見えない。

もしかしたら、八雲が見ているのは、後藤には見えないもの——死者の魂なのかもしれない。

「そうか。そういうことだったのか——」

八雲がぽつりと言った。

10

「そう簡単にはいかないな……」

晴香は、思わず呟《つぶや》いた。

一心と手分けして、色々と聞き込みをしてみることにしたのだが、これといった情報を得ることはできなかった。

歩き回っている間、八雲を真似て色々と推理してみたが、全てが見当外れであるような気がした。

さっき、八雲のように幽霊が見えれば——などと思ったが、おそらく、晴香が見えたところで、何も解決はできないだろう。

八雲が、これまで様々な心霊事件を解決できたのは、類《たぐ》い稀《まれ》な推理力があってこそだ。

などと考えていると、携帯電話に一心から着信があった。

「もしもし」

〈晴香ちゃん。何か進展はありましたか？〉

「いいえ。残念ながら……」

〈そうですか。実は、私の方もさっぱりで……。これ以上、聞き込みをしても、成果は期待できないので、一度戻ることにしませんか？〉

「そうですね。その方が良さそうですね」

〈では、後ほど――〉

「はい」

電話を切った晴香は、小さく息を吐いた。

何一つ情報が集まっていないのは残念だが、自分だけでなく、一心もということなら仕方ない。

このまま戻ろうかと思った晴香だったが、目の前にあるブロック塀に囲まれた家に、四十代くらいの男性が入って行くのを目にした。

あの人に話を聞いて最後にしよう。

晴香は、敷地の中に入り、玄関にあるインターホンを押した。

微《かす》かに、インターホンが鳴っているのは聞こえるが、待てど暮らせど、人が出て来る気配はなかった。

「こんにちは――」

声をかけてみたが、やはり反応がない。

仕方ない。帰ろう。

踵《きびす》を返そうとした晴香の視界を、さっと黒い影が横切った。

——何だろう？

晴香は、その影に吸い寄せられるように、家の裏手に回った。

昨日降った雨のせいか、地面がぬかるんでいた。

「こんにちは」

歩みを進めながら、改めて声をかけてみるが、やはり反応はない。

家の裏側には、トタン板で囲われた物置小屋があり、木材のようなものが転がっていて、何だか雑多な感じだ。

高いブロック塀のせいで、黒い影ができていて、そこだけ現実と隔絶されているようだ。

ただ、そこに人の姿はない。

さっきのは、見間違いだったのだろう。引き返そうとした晴香だったが、妙なものが目に入った。

物置小屋の脇に、穴が掘られていた。

そして、その横には、青いビニールシートが置かれていた。ビニールシートの下には、何かがあるらしく、こんもりと膨らんでいる。

ざわざわっと胸が騒いだ。

何か嫌な予感がする。

このまま、走って逃げ出した方が良さそうだ。そう思っているにもかかわらず、晴香はなぜか動けなかった。

ビニールシートの下にあるものが、何なのか気にかかってしまった。

――ほんの少しだけ。

晴香は、屈み込んで、ビニールシートの端をそっと摑《つか》むと、ゆっくりと捲《めく》ってみた。

土に塗《まみ》れていて、最初は何なのか分からなかった。

「きゃっ！」

ビニールシートに隠れていたものの正体を把握するのと同時に、晴香は悲鳴を上げながら飛び退いた。

全身の毛が逆立つ。

ビニールシートの下にあったのは、人間の頭蓋骨《ずがいこつ》だった。

――早く、八雲君に伝えなければ。

晴香が携帯電話を取り出し、八雲に連絡をしようとしたそのとき、それを阻むように、がっと後ろから抱き竦《すく》められた。

携帯電話が、手から滑り地面に落ちる。

叫ぼうとしたが、その前に口を塞《ふさ》がれてしまった。

必死に暴れて、何とか逃れようと試みたが、腕の力が強くビクともしない。

地面に落ちた携帯電話が、着信を知らせる振動を始めた。

ディスプレイには八雲の名前が表示されている。

——八雲君！　助けて！

晴香は、必死に叫んだが、口を塞がれた状態では、うー、うーというくぐもった声にしかならなかった。

通話ボタンの押されていない携帯電話に、その声が届くはずもなかった。

そのまま、晴香はずるずると引き摺《ず》られて行った。

11

「何か分かったのか？」

後藤が訊ねると、八雲は苛立《いらだ》たしげに、髪をガリガリと掻《か》く。

「政恵さんの家で、ぼくは子どもの幽霊を見ました」

後藤には見えなかったが、八雲が政恵の家で何か見たということは察していた。

「それで？」

「その幽霊は、六歳くらいの男の子で、タカヒロという名だと思います」

八雲は政恵から、タカヒロという男の子について聞き出していた。

近所に、同じ名前の子が住んでいるということで、一心と晴香が、そちらに話を聞きに行っているはずだ。

と、ここまで考えたところで、後藤はおや？　――と思う。

もし、八雲の見た幽霊が、タカヒロだとしたら、どうにも辻褄《つじつま》が合わない。タカヒロは、まだ生きていると政恵は言っていた。

後藤が、そのことを指摘すると、八雲は苦い顔をした。

「そんなことは分かっています。だから、もう一人、タカヒロという少年がいるはずだと踏んだんです」

「ああ」

そう言えば八雲は、一心と晴香に、同じ名前の子を知らないか、聞き出すように言っていた。

「さっき、石井さんからの報告で分かったんです。政恵さんの家にいた、タカヒロ君の正体が――」

「誰なんだ？」

「この近辺で、殺人事件などで亡くなった子どもはいませんでした。ですが、石井さんが気を利かせて範囲を広げて調べてくれました」

「石井にしては上出来だな」

「上から目線の言い様ですね」

「うるせぇ！」

「とにかく、石井さんが調べたところによると、十年ほど前に、大月《おおつき》で行方不明になった子がいるそうです」

　そこまで聞いて、後藤にも八雲が何を言わんとしているのかが分かった。

「もしかして、その行方不明になった子の名前がタカヒロなのか？」

「そうです」

　八雲がコクリと頷《うなず》いた。

　物的証拠があるわけではないが、おそらく、そのタカヒロは、八雲が見た幽霊と同一人物だとみて間違いないだろう。

「そのタカヒロって子は、なぜ幽霊となって彷徨《さまよ》っているんだ？」

「その答えが、おそらくはこれです」

　八雲が、陥没した地面を指差した。

　全然答えになっていない。

「分かるように説明しろ」

「おそらく、タカヒロ君は、何者かによって殺害されたんです」

「なっ、何だって！」

「そして、その死体は人知れず埋められたんです」

「あっ！」

――そういうことか！

つまり、殺されたタカヒロの死体は、この場所に埋められた。

死体が見つからなかったことで、行方不明という扱いのまま、長い歳月が経ってしまった——ということなのだろう。

「誰がそのタカヒロを殺したんだ？」

「詳しく調べてみないと、はっきりしたことは言えませんが、おそらくは、この土地の関係者でしょうね」

「なるほど」

死体を山林に放置したりすれば、発見される可能性が高くなる。自分の土地に埋めて、その上にアパートでも建てれば、発見される可能性はぐんと下がる。

「でも、問題が起きたんです」

八雲が、すっと目を細める。

「地盤沈下か……」

「ええ」

地盤が崩れてしまったことで、犯人は慌てただろう。もし、人骨が発見されるようなことになれば大騒ぎになる。

つまり、ここにあるスコップ類や、掘られた穴は、見つかる前に骨を移そうとした跡ということになる。

アパートの取り壊しの工事を、途中で止めたのも、そうした事情からだろう。

「そこまで分かったなら、晴香ちゃんたちと合流した方がいいな」

「そうですね」

八雲は、携帯電話を取りだし、発信ボタンを押した。

おそらく、晴香にかけているのだろう。だが、しばらくして電話を切った。

「出ないのか？」

「ええ。叔父《おじ》さんの方にかけてみます」

八雲が再び電話をかける。

「八雲です。一旦《いったん》、合流することにしましょう。ええ……。あいつも、一緒にいるんですよね？　……え？」

八雲の表情が固まった。

会話の流れからして、どうやら一心は晴香と一緒にいるわけではなさそうだ。

「とにかく、これからそちらに戻ります」

八雲は、慌てた調子で言うと、すぐさま電話を切り、また発信ボタンを押した。相手は、晴香だろう。

だが、応答が無かったらしく、八雲は舌打ち交じりに電話を切る。

「晴香ちゃん、繋《つな》がらないのか？」

「ええ。嫌な予感がします」

八雲が硬い口調で言った。

単に、着信音に気づいていないだけだと思いたいが、どうも妙な胸騒ぎがする。何か良からぬことが起きている。そんな漠然とした予感だ。

「とにかく、行きましょう」

後藤は、「おう」と応じると、足早に歩き出す八雲の背中を追った。

12

晴香は、為《な》す術《すべ》もなく、物置小屋の中に引き摺り込まれた——。

棚が設《しつら》えてあって、農耕具の他に、電動のノコギリやドリル、ハンマーやバールのような工具も置かれている。

必死に抵抗したが、髪を摑《つか》まれ、そのまま地面に引き倒された。

頭を打ったせいか、くらくらする。

「騒ぐんじゃない」

男は低い声で言うと、ずいっと晴香に手を伸ばしてくる。

——嫌だ！

晴香は、再び抵抗を試みたが、それも虚《むな》しく、口に粘着テープを貼り付けられてしまった。

鼻も半分塞《ふさ》がっているので、呼吸が苦しい。

——何とかここから出なきゃ。

隙を見て、逃げ出そうとしたが、晴香のその行動は、すぐに阻まれてしまった。

男は、粘着テープで、晴香の手首と足首をぐるぐるに巻き上げていく。暴れてみたが、力で敵《かな》うはずもなく、すぐに身動きが取れなくなってしまった。

「勝手に入り込みやがって……」

男が、晴香の顔を覗《のぞ》き込むようにしながら言った。

この男は、見覚えがあった。さっき、家の中に入って行った中年の男だ。

中肉中背で、どこにでもいそうな感じだが、目だけが異様に吊《つ》り上がっていて、いかにも神経質そうな顔立ちだった。

「お前、見たな？」

男が問う。

おそらく、ビニールシートの下にあった頭蓋骨《ずがいこつ》のことだろう。

晴香は、咄嗟《とっさ》に首を左右に振った。

「嘘を吐くな」

すぐさま、男の張り手が飛んで来た。

左の頬に強烈な痛みが走り、思わず涙が零《こぼ》れそうになる。だが、ここで泣いてしまったら、二度と生きて出られない気がした。

「お前も、あのガキと一緒に、埋めてやる」

男は、そう言って立ち上がると、棚を物色し始めた。

バールやハンマーを手に取り、軽く素振りをしたり、鉈《なた》らしきものを摑み、その刃の具合を確かめたりしている。

どうやら、晴香を殺す為の道具を探しているらしい。

この隙に逃げ出そうにも、粘着テープでぐるぐる巻きにされた状態では、どうにもならない。

中途半端に動いて、男に気づかれればそれまでだ。

——お願い！　助けて！　八雲君！

ただ、祈ることしかできない自分が情けなかった。そもそも、祈ったところで、タイミング良く助けに来てくれるなんて、都合のいいことは、現実には起こらない。

やがて、男は五十センチほどの長さがある、チェーンソーを手に取ると、スロットルを引く。

ブルンッ——という音とともに、チェーンソーに付いたブレードが回転を始めた。けたたましいエンジン音が響く。

男は、恐怖に震える晴香を見て、微《かす》かに笑ったような気がした。

晴香を殺すだけなら、ハンマーでも、バールでも良かった。それなのに、わざわざチェーンソーを持ち出すところに、男の異常性を感じた。

以前に観た「悪魔のいけにえ」という映画の殺人鬼と、目の前の男が重なる。

エンジン音とともに、白い煙を吐き出しているチェーンソーが、晴香の顔に近付いてくる。

嫌だ。死にたくない――。

そう思った矢先、ドンッというもの凄《すご》い音とともに、物置小屋のドアが蹴破《けやぶ》られた。

何事かと男が振り返る。

次の瞬間、人影が飛び込んで来て、瞬く間に男からチェーンソーを奪い取り、そのまま床にねじ伏せてしまった。

――何が起こったの？

困惑する晴香の前に、何者かが歩み寄って来た。

八雲だった――。

先に飛び込んで来た人影は、後藤だったようだ。

「無事だったか？」

八雲が、晴香の肩に触れる。

そのわずかな感触で、生きていることを改めて実感した。

――助けに来てくれた。

緊張が一気に解け、涙が零れそうになるのを必死に堪《こら》えた。

きっと、粘着テープで拘束されていなかったら、無我夢中で八雲の胸に飛び込んだに違いない。

で、「気持ち悪い——」とか、文句を言われるのだ。

13

車の運転席に戻った後藤は、ため息を吐いた。

晴香を襲った男は、ついさっき地元警察に引き渡した。

「で、どうだったんですか?」

後部座席に座っていた八雲が声をかけてきた。

「どうだったじゃねぇよ。まるで、他人事《ひとごと》みたいに言いやがって。よくもまあ、これだけ次から次へとトラブルを呼び込めるもんだ」

苛立《いらだ》ちも手伝って、つい荒い口調になってしまう。

管轄外の刑事が、どうして事件にかかわっているのかを説明するだけで、相当な時間を浪費することになった。

何だか、後藤の方が取り調べを受けている気分だった。

「質問の答えになっていません」

後藤の苛立ちなどお構いなしに、八雲が飄々《ひょうひょう》と言う。

つくづく腹の立つ野郎だが、今さら口にしたところで、性格が変わるわけでもない。

「あの男は、長沢祐二《ながさわゆうじ》。四十九歳。無職。親が、この辺りの地主ってこともあって、ぶらぶらしていたって話だ」

地元の警察官から入手した情報だ。

「それで？」

八雲が先を促す。

「本人の証言によると、十年前、車を走らせている最中に、子どもを撥《は》ねちまったらしい」

「それで、事故を隠す為に死体を、自分の親が所有する土地に埋めたんですね」

「ああ。ちょうど、アパートの基礎工事が始まっていた時期らしく、どさくさに紛れて埋めてしまえば、死体は発見されないと踏んだってわけだ」

口にしながら、後藤は胸くそが悪くなってきた。

前にも、似たような事件があったが、己の保身の為に、人の命を軽んじる輩《やから》は、どうにも許せない。

まして、相手は子どもだったのだ。

「そのままにしておくつもりが、地盤沈下があったことで、骨が発見されるおそれがあると感じて、暇を見ては掘り起こしに行っていたというわけですか」

「ああ。なかなか骨が見つからず、昨晩遅くに、ようやく掘り起こすことができた。で、その骨を自分の家の庭に埋めようとしていたところに、晴香ちゃんが運悪く出会《でくわ》した——というわけだ」

しかし、本当に危ないところだった。

土地の持ち主が怪しいという八雲の読みが当たったから良かったようなものの、一歩間違えば、晴香は行方不明者の仲間入りをしていただろう。

八雲も、今はこうして平然としているが、あのときは、肝が飛び出るくらいに動揺したはずだ。

本人は、隠しているつもりだが、八雲が晴香を大切に思う気持ちは、恥ずかしいくらいにだだ漏れている。

「犯人の男は、どうなるんです？」

八雲が訊《たず》ねてきた。

「もちろん、死体遺棄の罪に問われることになるだろうな」

「ぬるいですね」

八雲が、眼光鋭く言った。

「同感だ」

十年も前のことなので、裏を取ることはできないが、死体を埋めてまで事故を隠そうとしたからには、かなり危険な運転をしていたはずだ。飲酒運転をしていた可能性もある。

事故というより、殺人と同じだと思う。

「今回の一件だけでなく、しっかりあいつに対する殺人未遂も付けておいて下さいよ」

八雲が、一際強い口調で言った。

やはり晴香を殺そうとしたことに、相当に腹を立てているようだ。

「おれに言うなよ。こっから先は、山梨県警の仕事だ」

「だったら安心ですね」

「どういう意味だ？」

「少なくとも、後藤さんよりは優秀でしょうから」

「てめぇ！」

殴り飛ばしてやろうかと思ったが止めておいた。

八雲を殴ったところで、事件が解決するわけでもない。

「それより、あいつを迎えに行きましょう」

八雲が、あくびをしながら言った。

「ああ。そうだな」

今、晴香は病院にいる。大きな怪我はなかったが、頭を打っていたようなので、念の為の検査だ。

車を発進させたところで、肝心な疑問が解決されていないことに思い至った。

「結局、あの家で起きていた心霊現象と、今回の事件は、どう関係があるんだ？」

「それは、全員が揃ったところで、改めて説明しますよ」

——まあ、その方がいいだろうな。

「分かったよ」

もやもやしたものを残しながらも、後藤は慎重に車を走らせた。

14

晴香は、宏美のいる部屋の前に立っていた——。

あの男に、いきなり襲われたときには、本当にどうなることかと思ったが、八雲と後藤が助けに来てくれたお陰で、ことなきを得た。

あの男のことについては、後藤から説明を受けたので、だいたいのことは分かっている。

だが、問題は、それが宏美の一件と、どう関係しているか——だ。

今すぐに、色々と訊ねたいところだが、その気持ちをぐっと抑えた。

宏美の一件を解決する為に、今こうして、八雲、後藤、一心も集まっているのだ。

「では、行きますよ——」

八雲がそう言って、部屋の戸を静かに開けた。

暗い部屋だ。

日が傾いているせいもあるのか、前に見たときより、一層、暗くなっている気がする。

その部屋の中央に、宏美が項垂《うなだ》れるようにして座っていた。

相変わらず、大切そうに人形を抱えていて、ぶつぶつと何事かを語りかけている。

「最初にはっきりさせておくことがあります」

八雲が真っ直ぐ宏美を見つめながら言った。

後藤が「何だ？」と聞き返す。

「幽霊は、人形に憑依《ひょうい》しているわけではありません」

「え？」

てっきり、人形に憑依しているものとばかり思っていた。八雲も、そう思わせるようなことを言っていたはずだ。

「宏美さんが、そう思い込んでいたんですよ」

「どういうことだ？」

後藤が、怪訝《けげん》な顔をしながら訊ねる。

晴香も同じ気持ちだった。八雲が、何を言わんとしているのか、いまいちピンとこない。

「幽霊は、人形の周辺を彷徨《さまよ》いながら、宏美さんに語りかけていたんです。しかし、宏美さんは、その姿が見えない。それで、マヒロちゃんが大切にしていた人形に、彼女の魂が宿ったと勘違いしたんです」

「なるほど」

一心が、納得したように大きく頷《うなず》く。

今の説明で、晴香も理解できた。見えないが故に、人形に娘の魂が宿っていると思い込んでしまったということのようだ。

「すでに、お分かりだと思いますが、宏美さんの周辺を彷徨っている幽霊は、交通事故で亡くなったタカヒロ君という少年です」

一連の流れから、そうなのだろうと推測はできた。だが、分からないことがある。

「どうして、タカヒロ君の幽霊は、宏美さんの周辺を彷徨ってるの？」

晴香が訊ねると、八雲はふうっと一つ息を吐いてから、口を開いた。

「タカヒロ君は、宏美さんたちが住んでいたアパートの敷地に埋められていた」

「うん」

「そのときから、ずっと彷徨っていたんだ」

「そうなの！」

晴香が驚きの声を上げると、八雲が苦笑いを浮かべた。

「何をそんなに驚いているんだ？　君が集めた情報だろう」

八雲に言われて、はっとなる。

近所に住む、岡田家のタカヒロは、マヒロには同じタカヒロという名の内緒の友だちがいたと言っていた。

つまり――。

「マヒロちゃんには、タカヒロ君の幽霊が見えていたってこと？」

「おそらく。ただ、当時は宏美さんには見えていなかった。そのことを、話したことがあったかもしれないが、信じてはもらえなかった」

「だから、内緒の友だちになった……」

「そういうことだ」

「どうして、今になって宏美さんに声が聞こえるようになったんだ？」

訊ねたのは一心だった。

「明確な根拠を提示することはできませんが、おそらく、マヒロちゃんが亡くなったショックで、精神を疲弊させたことが影響しているのでしょう。出産したことも、何かしらの影響を及ぼしたのかもしれません」

八雲がわずかに目を伏せた。

「そうだったのか……」

一心が呟《つぶや》くように言ってから、哀しみに満ちた目を宏美に向けた。

「タカヒロ君は、アパートにいたんだよね。なのに、どうして宏美さんについて来てしまったの？」

晴香が疑問をぶつけると、八雲の眉間《みけん》がピクッと動いた。

「タカヒロ君が、彷徨っている原因は、おそらく、まだ自分が死んだことを自覚できていないからだ」

「そんな……」

驚きを覚えた晴香だったが、すぐにそれは消えた。

タカヒロの死体は埋められていたのだ。自分の死体を見ていなければ、自覚できないのも仕方ないかもしれない。

「タカヒロ君は、ずっと独りだったんだと思う。誰も、自分の存在を感知してくれなかったんだからな」

八雲がわずかに唇を嚙《か》んだ。

想像することしかできないが、それはとてつもない孤独だったはずだ。

少し、間を空けてから八雲が話を続ける。

「そんなタカヒロ君にも、ようやく友だちができた」

「それが、マヒロちゃんだった」

晴香が言うと、八雲が顎《あご》を引いて頷いた。

「だが、そのマヒロちゃんも死んでしまった……」

「…………」

晴香は、言葉が出なかった。

「再び孤独になったタカヒロ君は、母親の宏美さんが、苦しんでいるのをずっと見ていた……。その姿を、自分の母親に重ねたのかもしれない」

「そっか……」

「タカヒロ君は、何度となく宏美さんに声をかけた。最初は、届かなかった。だが、そのうち……」

「宏美さんに声が届くようになったのね」

「そうだ。やがて、宏美さんは、人形に娘の魂が宿っていると錯覚するようになった。タカヒロ君は、宏美さんの気が紛れるなら——と、それに付き合っていたんだ」

「そうだったんだ……」

呟きながら、晴香は胸が熱くなった。

タカヒロはとても優しい少年だった。だから、宏美を放っておけなかったのだろう。

偶々《たまたま》、タカヒロという同じ名前の少年がいた。そこで、タカヒロは、自分の知っているマヒロとの思い出を、宏美に語って聞かせていたのかもしれない。

だいたいのことは分かった。

だが——。

「これからどうするの？」

人形に、娘の魂が宿ったと思い込んでいる宏美を、そのままにしておくわけにはいかない。

思いがけず、大きな事件に発展してしまったが、そもそもは、宏美を救うことが、今回の目的だった。

八雲は、「分かってる」と呟くと、すっと宏美に歩み寄った。

「聞こえていましたよね？」

八雲が、宏美に声をかける。

宏美は何も答えず、ただじっと人形を見つめている。

八雲の口から語られる真実に気を取られていて気づかなかったが、いつの間にか、宏美は人形に話しかけるのを止めていた。

「…………」

「その人形に、マヒロちゃんの魂は宿っていません」

「違う……マヒロは……」

宏美が、掠《かす》れた声で言った。

「分かっています。マヒロちゃんの魂は、まだ成仏せずに彷徨っています」

八雲が、宏美の前に屈《かが》み込んだ。

「え？」

「信じないかもしれませんが、ぼくには死者の魂――つまり幽霊が見えるんです」

八雲は、そう言って左眼のコンタクトレンズを外した。

赤い瞳《ひとみ》で見つめられ、宏美は驚きの表情を浮かべたが、それもわずかな時間だけだった。

綺麗《きれい》な色の八雲の瞳を見て、その言葉を信じたのだろう。

「どこ？　マヒロはどこにいるの？」

宏美が、八雲にすがりつく。

「あなたの、すぐ隣にいます――」

八雲が囁《ささや》くように言った。

宏美は、「マヒロ、マヒロ」と、何度も娘の名を呼びながら辺りを見回す。だが、何も見えなかったらしく、みるみる悲嘆に暮れ、声も小さくなっていく。

「あなたに伝言があります。マヒロちゃんからの伝言です」

八雲の言葉に、宏美がはっとなる。

「ママ、大好きだよ――」

八雲が言うなり、宏美の目からぶわっと涙が溢《あふ》れ出た。

「ずっと、ママといたいけど、もう行かなきゃ。今までありがとう――」

「マヒロ……」

八雲の言葉に驚いたのか、宏美が顔を上げる。

「………」

「マヒロちゃんは、辛《つら》くて哀しいけど、自分の運命を受け容《い》れました。あなたは、どうしますか?」

八雲が、人形の赤い靴を差し出しながら問うと、宏美の手から人形がぽとりと落ちた。

そのまま宏美は、堰《せき》を切ったように大声で泣き出した。

あまりに哀しみに満ちたその泣き声は、否応《いやおう》無しに、晴香に幼くして亡くなった双子の姉――綾香《あやか》のことを思い返させた。

宏美は、完全にマヒロの死から立ち直ることはできないだろう。晴香が、そうであるように。

ただ、マヒロの伝言を聞き、きっと前に進むことができるはずだ。

そう願わずにはいられなかった。

15

後藤は安堵《あんど》のため息を漏らした。

政恵の家を出て、全員で車に乗り込んだところで、後藤は安堵《あんど》のため息を漏らした。

本当に、大変な一泊二日だった。

散々な目に遭ったが、これで、ようやく家に帰れるというものだ。

「まだですよ」

後部座席で、ふんぞり返るように座っていた八雲が言った。

「どういうことだ？　もう、終わったはずだろ」

「だから、まだだと言っているんです」

「何がだ？」

「タカヒロ君の件ですよ」

「埋められていた子どもか……」

口にしただけで、再び怒りが沸き上がってくる。だが、この先のことは、山梨県警に任せればいい。

後藤が、そのことを主張すると、八雲が分かっていないな――という風に首を左右に振った。

「タカヒロ君は両親の許《もと》に帰りたかったんです」

八雲が目を細めながら言う。

晴香が、はっとした顔で訊《たず》ねる。

「タカヒロ君は、どうしてあの場所に留《とど》まり続けたの？」

八雲が答える。

「タカヒロ君は、ここで死んだんじゃないんだ」

「どういうこと？」

「タカヒロ君が、撥《は》ねられたのは、この先の大月というところだ。そこに、彼の両親も住んでいる」

「長沢ってクソ野郎は、大月までドライブに行ったとき、タカヒロ君を撥ねた。そのまま、死体をトランクに乗せて、地元のこの町で死体を埋めたってわけだ」

後藤が、補足の説明をすると、晴香が「そうだったんだ……」と納得の声を上げた。

おそらく、タカヒロは、見ず知らずの土地に埋められ、魂が家に帰れなくなってしまったのだろう。

「と、いうわけで、タカヒロ君の想いを両親に届けに行きますよ」

八雲がさも当然のように言う。

「そうだな。そうしてやろう」

「はい」

一心と晴香が、次々と同意を示す。

まだ、帰れないのか——という思いはあるが、タカヒロのことを、このまま放置するのは、どうにも後味が悪い。

失ってしまった命は、二度と戻らないが、それでも、八雲を通じて、少しでもその想いが届けられるなら、そうしてやりたい。

「仕方ねぇ。行くとするか」

後藤は、ぼやきながらも車をスタートさせた——。

その後

EPİLOGUE

「美味しい」

晴香は、鉄鍋で運ばれてきたほうとうを食べて、思わず声を上げた。

山菜をふんだんに使ったほうとうは、旨味が凝縮されていて、疲れた身体を癒やしてくれるようだった。

「そうですね」

向かいに座る一心も、目を細めて同意する。

「まったくだ。ようやくまともな食事にありつけた」

一心の隣の後藤が、ぼやくように言いながら、鳥もつを口に放り込み、グラスに入ったノンアルコールのビールを一気に呑《の》み干した。

後藤が、そう言いたくなる気持ちは、充分過ぎるほどに分かる。

山梨に足を運んでからずっと、心霊事件続きで、ちゃんと食事をとることができなかった。

ホテルに宿泊した際も、思わぬ事件が発生したせいで、コンビニのおにぎりや、サンドイッチで済ませることになった。

帰宅する段階になって、ようやく甲州《こうしゅう》街道沿いにある〈八十八庵《やそはちあん》〉という食堂に立ち寄り、こうしてほうとうを食べることができたというわけだ。

和やかな雰囲気で、箸《はし》を進めていた晴香だったが、ふと隣に視線を向けると、八雲が気難しい顔で鉄鍋のほうとうを睨《にら》み付けている。

運ばれてきたときのままで、手を付けた様子がない。

「食べないの？」

晴香が訊《たず》ねると、八雲はぐいっと眉《まゆ》を吊《つ》り上げた。

「君たちは、呑気《のんき》でいいな」

八雲がため息を吐く。

何が、そんなに気に入らないのだろう？

「ほうとうとは、本来は家庭料理だ」

八雲が、腕組みをする。

「知ってるよ」

「だったら、このほうとうが、いかに不自然か分かるだろ」

八雲が鉄鍋を一瞥《いちべつ》する。

「どう不自然なの？」

「家庭料理を、小分けにした鉄鍋で出すなんてことが、あると思うか？」

「それは……」

言われてみると、確かにその通りだ。家庭に、こんな一人用の鉄鍋があるとは思えない。

「ほうとうは、大鍋で料理し、それを丼などに分けて食していたんだ。こんな鉄鍋に入れるなんて、ただのパフォーマンスに過ぎない」

八雲が突き放すように言った。

「ごちゃごちゃ言ってんじゃねぇ。美味《うま》ければ、何に入ってようが同じだろうが」

口を挟んだのは後藤だった。

「後藤さんのように、味覚が壊れた熊には分からないでしょうね」

すかさず八雲が返す。

「何だと！」

むきになって怒る後藤を、一心が「まあまあ」と宥《なだ》めた。

「理屈を並べてはいますが、八雲は猫舌なだけですよ」

一心が、笑みを含んだ視線を八雲に向ける。

——何だ。そういうことか。

猫舌の八雲からしてみれば、鉄鍋は天敵のようなものだ。偉そうなことを言ってはいるが、熱くて食べられないということなのだろう。

「熱くて食べられないってか。かわいいとこがあるじゃねぇか」

後藤が、冷やかすように言う。

「違います。熱さは関係ありません。ぼくは、食文化の話をしているんです」

「だったら、食ってみろよ」

後藤の反撃に、八雲がむっとした顔をして押し黙った。

いつもなら、こてんぱんに後藤を言い負かす八雲が、こんな風になるのは、非常に珍しい。

晴香は、その姿がかわいく見えて、思わず笑ってしまった。

すかさず、八雲の睨みが飛んできた。

「ごちゃごちゃうるさい人たちですね。食べればいいんでしょ。食べれば──」

八雲は、ふて腐れたように言い、箸を手に持ったものの、ピタリと動きが止まった。

無理をしているのが、晴香にも分かった。

「どうした？　食わないのか？」

後藤が、これまでの仕返しとばかりに八雲を煽《あお》る。

「言われなくても食べますよ」

八雲は、後藤を睨み付けたあと、箸でほうとうの太い麺《めん》を掬《すく》い上げた。

しばらく、湯気の立ち上る麺を見つめていた八雲だったが、やがて意を決したように、口の中に運んだ。

次の瞬間──。

ぶはっと盛大に麺を吐き出した。

熱い──と叫びはしなかったものの、八雲はグラスの水を一息に飲んだあと、口を開け、舌を出しては一、はーと唸《うな》っている。

後藤が、腹を抱えて笑い出す。

一心は「意地を張るからだ」とぼやきながら、八雲が散らかしたテーブルを拭《ふ》く。

晴香は、しばらくは耐えることができた。だが、それも長くは続かず、声を上げて笑い出してしまった。

八雲に睨まれた。

晴香は、咳払《せきばら》いをして笑いを引っ込める。

「鉄鍋から、いきなり食べるからいけないんだよ」

晴香は、八雲の鉄鍋のほうとうを、椀《わん》に移してやった。

それでも、八雲はほうとうに手を付けなかった。

「どうした？　晴香ちゃんに、ふーふーとか、あーんとかしてもらうか？」

後藤が冷やかす。

これには、晴香の方が恥ずかしさで顔が熱くなった。ふーふーはともかく、あーんはない。

うっかり想像してしまったせいで、どういう顔をしていいのか分からなくなり、晴香は顔を逸《そ》らした。

——あれ？

晴香たちのいる座敷席の奥に、掛け軸が掛かっていて、そこに一枚の絵が貼られているのが目に入った。

ただの絵であれば、それほど気にかけることもなかったのだろうが、そこにあった絵は、晴香の興味をおおいにそそるものだった。

「どうしたんです?」

一心が声をかけてくる。

「あの絵——」

晴香が、掛け軸を指差すと、全員の視線がそこに集まった。そこには、背中合わせに立つ二人の男の姿が描かれていた。

一人は、武士らしき男で、腰に刀を差し、険しい表情を浮かべている。

もう一人は、白い着物姿で、金剛杖《づえ》を持ち、憂いを帯びた顔をして、わずかに俯《うつむ》いている。

そして——。

着物の男の眼は、まるで血のように赤い色をしていた。

もしかして、酒蔵で見た、あの絵と同一人物なのかもしれない。

「不思議な絵ですよね」

お茶を運んできた、中年の店主が声をかけてきた。

「あっ、はい」

「代々受け継がれている絵なんです。お侍さんの方は、内藤隼人《ないとうはやと》という人でしてね。まあ、新撰組《しんせんぐみ》の土方歳三《ひじかたとしぞう》です」

思いがけず、歴史上の人物の名前が飛び出したことに驚いた。

「土方歳三って、この辺りに来たことあるんですか？」

晴香が訊ねると、八雲が呆《あき》れたようにため息を吐く。

「君は、何も知らないんだな」

「悪かったわね」

「新撰組は、鳥羽《とば》伏見《ふしみ》の戦いのあと、甲陽鎮撫《こうようちんぶ》隊《たい》と名を改め、勝沼で新政府軍と戦ったんだ」

「そうなんだ……」

全然、知らなかった。

「言い伝えによると、勝沼に向かう途中、土方歳三がうちに立ち寄ったらしいんです。そのときに描かれた絵なんだそうです」

店主は、誇らしげに言いながら、お茶を配膳《はいぜん》してから立ち去った。

今回の山梨の旅は、白い着物を着た、両眼の赤い男の絵を見たことから始まった。まさか、同じ人物をモチーフにした絵と、再び巡り会うことになるとは思わなかった。

しかも、歴史上の人物である土方歳三も一緒に描かれているのだ。

何だか運命的なものを感じる。

もし、あの白い着物の人物が、八雲の先祖だとしたら、土方歳三と何らかのかかわりがあったということになる。

そう思うと、何だか不思議な感覚に陥った。

「非常に、興味深いですね。詳しく調べてみると、色々と分かることがあるかもしれませんね」

一心が言うと、後藤が露骨に嫌な顔をした。

「冗談じゃねぇ。この期に及んで、まだ寄り道をしようってのか？」

「まあ、それもそうですね。今度、改めて調べに来るってのはどうでしょう？」

一心の提案に晴香は賛成だった。

今度は、心霊現象抜きで、八雲の先祖かもしれない、この白い着物の人物のことを調べてみるのも面白いかもしれない。

「ねぇ。八雲君。調べてみようよ」

晴香は、八雲に賛同を求めたが、渋い表情が返ってきた。

「その必要はない」

「どうして？」

「この人物が、何者かなんてどうだっていい。ただ……」

「何？」

「この人物は、現代より生き難《にく》い時代にありながら、それでも、自らの運命を受け容《い》れていた。それが分かっただけで充分だ」

八雲の言葉が胸に染みた。

酒蔵で聞いた話では、白い着物の人物は、憑《つ》きもの落としをしていたらしい。それは、自らの運命を受け容れていなければできないことだ。

これまで、その赤い左眼のせいで辛《つら》い思いをしてきた八雲からしてみれば、そのことが知れただけで、心の支えになるはずだ。

「そうだね──」

晴香は、小さく頷《うなず》いた。

「まあ、調べるかどうかは別にして、次は、心霊現象なしで遊びに来たいものですね」

一心がしんみりとした空気を払拭《ふっしょく》するように、明るい調子で言った。

「そうしましょう」

晴香は笑顔で答えた。

今回は心霊現象だらけで、山梨に来たという実感がいまいち湧かなかった。今度は、そういうのを抜きにして、ゆっくりと足を運びたい。

きっと楽しいだろうな──などと感慨を抱きながら窓の外に目を向けた。

夕日に浮かび上がる富士山が、旅の終わりを告げていた。

あとがき

『心霊探偵八雲　ANOTHER FILES　嘆きの人形』を読んで頂き、ありがとうございます。

こうして作品を書き続けることができるのも、ひとえに応援して下さる皆様のお陰です。この場を借りて、お礼申し上げます。

ありがとうございます——。

本作は、これまでの「心霊探偵八雲」のシリーズとは、異なる趣向で紡がれた短編集になっています。

そうです。山梨県を舞台にした、旅情ミステリーの趣の強い作品になっています。

なぜ山梨なのかは、私のプロフィールを見て頂ければ分かるように、私自身が山梨県出身だからです。

記憶に染みついていますから、取材の必要もなく、快調に筆を進めることができました。

こうして、完成した作品を読み返してみて、思いがけず、これまでと異なる雰囲気に仕上がったように思います。

山梨県に限らず、偶《たま》には、八雲《やくも》たちを都内から別の土地に移動させるのもありかもしれません。

土地が変わることで、八雲たちの新たな魅力が引き出せるかもしれません。

もし、私の土地にも来て欲しい——などご意見がありましたら、遠慮なく仰《おっしゃ》って下さい。

次は、八雲たちがあなたの土地に現れるかもしれません。

待て！　しかして期待せよ！

平成三十年　初夏

神永　学

初出

第一章　亡霊の呻き　「小説 野性時代」2017年6、7月号
第二章　亡霊の影　「小説 野性時代」2018年3、4月号
第三章　嘆きの人形　「小説 野性時代」2018年5、6月号
その後　書き下ろし

※書籍化に際し改稿を行っています。

心《しん》霊《れい》探《たん》偵《てい》八《や》雲《くも》

ANOTHER《アナザー》 FILES《ファイル》 嘆《なげ》きの人形《にんぎょう》

神《かみ》永《なが》 学《まなぶ》

平成30年 7月25日　初版発行

発行者●郡司 聡

発行●株式会社KADOKAWA
〒102-8177　東京都千代田区富士見2-13-3
電話　0570-002-301（ナビダイヤル）

角川文庫 21048

印刷所●株式会社暁印刷　製本所●株式会社ビルディング・ブックセンター

表紙画●和田三造

ISBN978-4-04-107013-0　C0193

角川文庫発刊に際して

角川源義

第二次世界大戦の敗北は、軍事力の敗北であった以上に、私たちの若い文化力の敗退であった。私たちの文化が戦争に対して如何に無力であり、単なるあだ花に過ぎなかったかを、私たちは身を以て体験し痛感した。西洋近代文化の摂取にとって、明治以後八十年の歳月は決して短かすぎたとは言えない。にもかかわらず、近代文化の伝統を確立し、自由な批判と柔軟な良識に富む文化層として自らを形成することに私たちは失敗して来た。そしてこれは、各層への文化の普及滲透を任務とする出版人の責任でもあった。

一九四五年以来、私たちは再び振出しに戻り、第一歩から踏み出すことを余儀なくされた。これは大きな不幸ではあるが、反面、これまでの混沌・未熟・歪曲の中にあった我が国の文化に秩序と確たる基礎を齎らすためには絶好の機会でもある。角川書店は、このような祖国の文化的危機にあたり、微力をも顧みず再建の礎石たるべき抱負と決意とをもって出発したが、ここに創立以来の念願を果すべく角川文庫を発刊する。これまで刊行されたあらゆる全集叢書文庫類の長所と短所とを検討し、古今東西の不朽の典籍を、良心的編集のもとに、廉価に、そして書架にふさわしい美本として、多くのひとびとに提供しようとする。しかし私たちは徒らに百科全書的な知識のジレッタントを作ることを目的とせず、あくまで祖国の文化に秩序と再建への道を示し、この文庫を角川書店の栄ある事業として、今後永久に継続発展せしめ、学芸と教養との殿堂として大成せんことを期したい。多くの読書子の愛情ある忠言と支持とによって、この希望と抱負とを完遂せしめられんことを願う。

一九四九年五月三日